U0018974

我心歸隱處

關子尹 著

勞思光教授80年代末於作者中大寓中揮毫一景，旁坐者為作者時年八歲之子關翰貽。
此相片乃思光師捐館後數天作者於其臺北客寓的書枱中找到再複印的。

目錄

第 3 章
感懷篇　79

李歐梵　序

　　關子尹是我在香港中文大學的同事兼好友，五十年前，當我初到香港的時候，他在中大崇基學院選過我的一門課，也算是我的半個學生。我一向以同輩好友待之，非但尊敬他的學術，也喜歡他的作人。作為一個哲學家，子尹是一位難得的性情中人，待人嚴肅而熱情，我們的辦公室同在一棟樓，故時常約好到新亞書院的「雲起軒」吃中飯，每次都是他到二樓文學院我的辦公室來接我開車上山，順便把他學術近作的抽樣本送給我「指教」，其實我從中學到的東西更多，這絕對不是謙虛之詞。我是一個研究文學的人，對哲學很有興趣，但沒有訓練根底，而子尹可謂學貫中西，在本科生時代師從勞思光先生（也是我尊敬的一位哲學家），得其教誨，也在先生鼓勵之下到德國留學，修讀德國當代哲學，至今是研究海德格爾的專家。我時常說希望到子尹的課堂上去旁聽，但從未得到他的首肯，可能是他把我當老師輩看待。只有當幾個相熟朋友一起吃飯、喝德國啤酒的時候，子尹才會放開胸懷，把我當同輩人，大談他的遊學經驗，令我不勝羨慕。這本詩集的特色之一就是他多次到德國和歐洲遊學的 16 首紀遊詩。

　　我留美多年，然而一直仰慕歐洲文化，更羨慕子尹的德文功底，曾屢次鼓勵他把他用英文和德文寫的學術文章結集出書。然而子尹似乎淡然視之，反而更關心他親身設計的含古文字材料的

「漢語多功能字庫」，談起來眉飛色舞。原來他是中大文學院電腦系統的開山祖師，早在西方學界研究討論所謂「電子人文」(Digital Humanities)，他已經開風氣之先。記得 1998 年春天，我得到一個意外的機會到中大作半年研究，辦公室就在子尹的旁邊，那個時候他已經在忙著為中大文學院「電腦網絡化」籌劃了，而我還不知道如何用電郵通信。子尹親自為我設定電郵地址，並且教我最基本的操作方法。試問還有哪一位哲學家有此科技能耐？然而，時到如今，我依然是一個電腦文盲，甚至不用手機，奈何？

這一些拉拉雜雜的凌亂回憶，都是因為閱讀子尹的詩集引出來的。他於自序中說花了至少一年功夫學作舊詩，特別注重平仄和韻腳，可見和他作學問一樣，是下了苦功的。我對古典詩詞一向無知，也毫無資格討論他的詩風和用典，只能從一個「硬讀」的直接角度談談我的感受。

匆匆讀完這本《我心歸隱處》，真是百感交集，不知如何表達我內心的感動。我雖是一個現代文學的研究者，然而對新詩舊詩一視同仁，子尹的詩之所以能打動我的心靈，原因無他，就是每一首詩中流露出來的摯情，如果讀者可以和我一樣，先看每一首詩下面的夫子自道的解釋，再看詩的全文，多看一兩次，揣摩內中的「故事背景」，感受作者寫詩時的心境，我想每一位用心的讀者都會像我一樣的感動！閱讀這本詩集，我回味再三，讀了又讀，翻來覆去，不忍釋手。由於出版在即，時間緊迫，我的序

文早該交卷了，然而愈到後半部我讀得愈慢，每首詩都禁不住讀好一遍。子尹是性情中人，我從他的詩作中感受到他內心的溫暖和痛楚。他一生有三位最重要的人物：一是他的業師勞思光先生，一是他的愛妻林靄蘭（詩人說她「蕙質蘭心」），一是他的愛子翰貽，十五歲就因病去世了。令我再三回味的就是〈親情篇〉以及追悼友人的〈悼念篇〉和個人的〈感懷篇〉，在這些詩中，子尹的感性揮發無遺，他自己在序言中提到：「就像為我多敞開了一道穿越幽明阻隔的大門，對我多年以來紆鬱難釋的心志，是又一次的釋放」。以規律嚴謹的舊體詩的形式抒發一個哲學家的感性，其實比白話詩更難。我非詩人，對古詩的修養不足，所以不敢妄論，只能從感性角度抒發一點與之相關的個人的回憶。

關於勞先生和子尹的師生情誼，我是一個目擊者，勞先生逝世前，有一次在中研院院士會議上突然對我說：他的身體大不如前，我不以為意，不幸不到數年就仙逝了，子尹和勞先生的其他學生開了追悼會，子尹在會上讀了他的悼詞，其中洋溢著古文詞彙的文采，又與同人發起在崇基校園豎立勞先生的銅像，下面附有子尹寫的贊詞。本書中有不少與勞先生有關的詩作（見〈韋齋詩緣〉篇），子尹和勞先生師生交往數十年，他的敬愛之情，詩集中無處不在，認識勞先生的讀者如我讀來當倍感親切。我寫此文時勞先生的友人余英時先生也離我們而去，那一代大師級的學者大多作古，令人悲嘆。

除了勞先生，就是子尹的愛子翰貽了。本書包括多首作者

懷念愛子的詩，〈憶兒雜詠〉十四首更感人肺腑。我可謂後知後覺，對於親子之愛體會不深，1998 年初我到中大作半年研究，正是子尹喪子（1996 年）之後不久，然而香港的朋友和同事都沒有和我仔細描述，我也未及好好安慰他，如今思之，感到極為歉疚。只記得有一回我們閒談音樂時，談到馬勒 (Gustav Mahler) 的歌曲，他才告訴我曾把馬勒譜曲的幾首哀悼殤子的詩篇《Kindertotenlieder》（孩子死亡之歌）從德文翻譯出來，覺得子尹或在用這種迂迴的方式來向我表達他自己的喪子之情。此次除了〈憶兒雜詠〉，才發現本書還選錄了同一位詩人呂克特（Friedrich Rückert）的其他詩作，包括一首我最喜歡的歌曲〈當此良夜〉（Um Mitternacht），內中一段和子尹的喪痛心情異曲同工：「我昨夜驚醒，／那心坎中的悸動；／當此良夜，／是揮不去的傷痛，／摧毀我心肝。」巧合的是，子尹有一次也看了一部杉田洋次導演的日本影片，故事中的母親和她在原子彈轟炸長崎時遇難的兒子的鬼魂見面，令子尹當晚難以成眠。子尹的憶兒詩，積累了他一年又一年的懷念和追思，這一層又一層的回憶，使得歲月催人老，關子尹今年七十歲了，而如今我這個八十歲的老人讀他的〈七十感懷〉，自有一番說不出來的感受，他的心情竟然和我的何其相似。子尹說此後要回歸學術研究，不寫詩了，我卻不贊成。七十歲正是思想和感情最成熟的時候，以子尹的學養和才華，今後的成就絕無止境。

走筆至此，覺得我的這篇序文非但沒有章法，而且內容空洞，躍然紙上的卻是對子尹的一份深厚的朋友感情，願以此序與子尹

互勉，值此瘟疫蔓延的多事之秋，隔著台灣海峽（子尹現在台灣清華大學客座）互道一聲保重。

李歐梵

2021 年 9 月 7 日於香港九龍塘

鄭吉雄　序

　　香港中文大學哲學系榮休教授關子尹兄詩文集《我心歸隱處》付梓，允為文壇盛事。作者精思博識，淹貫中西，治德國哲學數十年，尤精洪堡特（Wilhelm von Humboldt，1767-1835）、海德格（Martin Heidegger，1889-1976）哲學，復以十餘年建立「漢語多功能字庫」，諟正世俗魯魚亥豕之訛，嘉惠杏壇，有功於典籍文化，足稱不朽。作者近年從事近體詩創作，平仄有節，音律整嚴，數載已得佳作百餘首，並附文字自道撰述因緣，不假他人之手，為作鄭《箋》。西詩中譯，尤見語言藝術之造詣。全稿辭采雅懿，意境悠遠，足傳於後世無疑也。

　　古今論詩者至夥，詩論旨趣至繁。竊以為賞鑑矩矱，品格體義、辭氣神思云云，皆詩人才性思致之延展。故論創作原始，《詩序》謂「情動於中而形於言」，《詩品》謂「氣之動物，物之感人」，其「動」之為詞，皆強調創作背後，有待於詩人品格所得力於二儀天趣，以為充實。古今之論文者，遂以瘠義肥辭，繁采寡情為戒。而詩人論詩，恰如讀史者論世，必先知見其人，由其人品想見其詩品，復以詩品取證其人品。故傳統文筆之論，以有韻為「文」，無韻為「筆」，凡文人撰述編集，文先於筆，「詩」必列於首卷，廁於序論傳誄之前。古往今來，未有遺落其人而能鑑賞其詩者，亦未有不讀其詩而能深識其人者。在昔嚴滄浪（羽，？-1245？）立九品論詩，以「高」、「古」為先，所

論雖未為錐刀之末，然主從輕重之間，恐尚未得其肯綮歟？

　　詩稿列「葦齋詩緣」為首，示飲水思源之意，慕道情懷宛然；繼之以「紀遊」、「感懷」、「唱酬」、「寄贈」、「親情」、「憶兒雜詠」、「悼念」、「再創／諧謔」、「西詩中譯」諸篇，閒適遊賞之餘，仍歸結於緣情傷逝。由詩而想見其人，迴環往復「我心歸隱處」之意，實有託喻，未足為外人道者。古今隱士逸民，傷時憶舊，黃壚興感，無可自解，遂有「友麋鹿而共處，候草木以同凋」之慨。筆者近年讀書，尤致意於棲逸。海濤山木，窅然悲號，寓心無竟，若泛虛舟。今誦詩稿諸作，每感先得我心。含英咀華，情為所移，雖詩筆早疏，久未吟詠，竟於深夜口占一絕，寄贈作者，姑記於此，以誌偶得。詩云：

　　珠玉清觴照晚襟，幾回堪憶少年吟。
　　自慚未老詩情盡，賸記棠華酒盞深。

　　復披閱至「次韻余英時勞思光二師 1972 年舊唱」「太息乾坤盡劫灰」一首，又不覺意隨境生，步韻元唱，成七律「劫餘魯殿已無灰」相和。承作者不棄，錄入詩稿，得附驥尾，以為榮寵。今承雅囑撰序，篇末謹再迻錄拙作七律一首，用誌與尊兄文酒論學之因緣。詩云：

世事難擬一局棋，更堪風雨變青絲。

願憑海外千杯酒，共醉胸中萬斛悲。

寂寞人如羚挂角，綢繆心似雁知時。

春花秋夕俱塵土，賸話當年塊壘詩。

2021 年 9 月 3 日辛丑白露前四日　鄭吉雄序於香港寓廬

自序：一份感性的呼喚……

吟詠唱酬之事，向來為我所欣羨，但從來沒料及，此等風雅之事，自己終能躬身參與，更連造夢也沒想過終於有出版詩集的考慮。而這一切，都要從為先師勞思光教授草擬「像贊」一事說起。

事緣先師 2012 年捐館以還，在港一眾生員便醞釀著為老師樹立銅像之事。直到 2017 年銅像終於在香港中文大學崇基學院的未圓湖畔樹立的五年間，同人中以張燦輝兄的奔走斡旋居功至偉。自計劃構思之初，燦輝兄便力邀我和另一同人聯署，並撰寫像贊。當其時也，我自況早是閒雲野鶴，一直懇辭，並建議其他人選，然燦輝兄一再堅持如舊。有謂人貴自知，查辭章之事，我自分散文尚可勉力，韻文則從未涉獵，此實我懇辭之原委。唯念業師恩重如山，像贊事我雖不敢為之，實亦不敢終不為之！經過幾番掙扎，特別是在燦輝兄的堅持下，為及早綢繆，我於立像前一年起，便暗地責成自己鑽研格律，賦詩寫懷，以備萬一。集一年所得，計有五絕、五律、七絕、特別是七律多首，最後才涉獵歷代四言詩作。這個自學過程，猶試步於詩階。偶有逸趣，每喜不自勝。時屆非要著手於像贊不可之日，散文部分，固有一二處須與燦輝兄幾度斟酌，但十六句之四言贊辭，卻意外地水到渠成，一經抵定，竟無一字之改。

平生一大憾事，是未能把握機會，於思光師在世時跟他學詩。回想先師中大榮休至赴臺前很長的一段日子裡，曾多次移玉舍下索取紙筆，並信手寫下剛擬就的詩稿交我留存，這猶如在我心中埋下了一顆顆種子。多年後我因像贊事而終能粗通詩律，全出於先師的精神感召，這無疑是先師身後仍留給我的一份厚禮。我心底的感動，實無以言詮；先師九原知之，想亦必能開懷。

　　銅像之事完滿辦好後，本以為這學習過程可告一段落，然而卻發現自己學詩以還，對世間事物的感知，那怕一草一木，一花一鳥，都常有新的體會；又對文字的音義，詞句的結構，亦屢有新的聯想。這是我未之曾有的經驗。這些新的體會，就如一份感性的呼喚，又反過來促使我進一步在已踏足的「詩階」上作了更多的嘗試……於是數年下來，每因「觸景生情」，便斷斷續續地又隨手寫下為數不少的詩作。

　　王船山有云：「詩者幽明之際也」。幽明二字，本指暗晦與明朗，後借指人間必經歷的「死」、「生」。上引船山先生一句，其實是說，詩的一大功能，就是能於逝者與生人之間建立起一些意向聯繫 (intentional linkage)，以跨過幽明阻隔。事實上，我之所以學詩，出發點本來就是要紀念先師，故這本詩集中不少詩作都直接或間接和先師有關，其中有好幾首是以「步韻」的方式寫成的，這種方式的詩作，就有如在老師身後仍得以親炙於其胸懷。

此外，一旦粗通音律，這一份與逝者溝通的意向，便很自然地轉移到自己的至親、摯友，乃至自己感佩的時賢、甚至古人身上。因此，這本詩集除了「感懷篇」、「紀遊篇」、「寄贈篇」、「唱酬篇」、「親情篇」等篇目外，還包括了份量不輕的「悼念篇」。至於別成一篇的「憶兒雜詠」系列，其中的十多首七絕的醞釀，就像為我多敞開了一道穿越幽明阻隔的大門，對我多年以來紆鬱難釋的心志，是又一次的釋放。

　　幽明的考慮，印之於詩道，除可解作死生外，也可擬作虛實，而所謂「幽明之際」，其實可指實與虛之間的對立辯證，如象之與心，形之與意，今之與昔，情之與理，主之與從，換喻之與明喻等元素的各種對比、反差、交融，與磨合方式。我一向自忖對語言有一定浸淫與掌握，但直到初步體會了詩這另類的語言運用，才驚覺自己一向的不足。

　　詩的創作，似乎真的須有「別才」，而這正是我所欠缺的。我常欣羨一些詩友七步成詩的才華，相對之下，我每寫一詩，幾乎都是在「苦吟」。最近一年由於全心於完成一本論海德格思想的專著，結果寫詩的興味便大大冷卻下來。海德格書出版後，經撿拾書篋，發現最少還有三、四本學術書稿應陸續完成。問題是，幾年之間，整個世界似乎已鬧得天翻地覆。自己還有多少可資善用的歲月，已難預料。回想自己的「正務」畢竟是哲學，人生到了這一階段，是否應該為餘下的精神與時間作較合適的打算？

這本詩集的出版，其實正暗示了我在這「詩階」上的嘗試將告一段落。回顧過去四五年這段神奇旅程，我首先要衷心感謝燦輝兄，若無他的信任與堅持，這一切根本不會發生。回想當初閉門造車的一年將屆，而先師像贊將要動筆之日，由於茲事體大，我終於硬著頭皮向中大中文系以詩道見稱的陳煒舜君請益，並相唱酬；待部分詩作陸續於社交媒體發表後，承港臺不少以漢語、中文、國學為專業的學者首肯，對我來說，是極重要的鼓勵，其中，何志華、馮勝利、華瑋、鄭吉雄、林碧玲、彭雅玲、楊儒賓、鄭毓瑜等多位教授常不吝指教，諸位情誼於此深致謝意。

誠然，有謂慎終如始，古人向來有「詩戒」這回事。特別是科舉制度下，一些亟欲出仕的讀書人為免玩物喪志，都會有戒詩之舉。今日的我既早是閒雲野鶴，怎樣看也沒有戒詩的必要，不過，在詩興與責任的兩衡下，今後的我，詩肯定會愈寫愈少！今天難得把過去幾年所得來一個了結，或堪留一絲痕跡，對於「歲不我與」，而仍擬探步於詩階之來者，或許可算是一分拋磚引玉的誘餌吧，是為序。

關子尹

2021 年 7 月 18 日稿，8 月 30 日訂

於新竹市　清大西院

第 1 章

韋齋詩緣

01-01 思光先生忌日見遺墨在壁遂按先生舊詩步韻 (2016-10-20)

兀坐今宵可易過？傾觴瀝酒抃容酡！

劇憐社稷計籌短，空嘆乾坤苦難多。

大壑巨魚潛楚域，深山猛虎嘯燕歌。

九原丘壟沉吟盡，木鐸希聲待琢磨。

10 月 21 日（可能是 20 日）是先師勞思光先生的忌日，回念四年前驟傳噩耗，翌日即陪同師母及師妹赴臺料理先生後事，然去年師母亦已大去。撫今追昔，能不欷歔。故近日除了教學仍能抖擻精神外，心情都很凝重。閒來再讀《思光詩選》，及展閱先生厚賜的墨寶，往日從先生遊種種情境，徐徐活現！特別看到掛在辦公室牆上的一幅題字，感受尤深。查該件是十多二十年前春節一眾生員到先生家拜年時先生所賜的。當時燦輝兄便獲贈「無涯理境歸言外」這讓我欣羨不已的好句！先生給我題字時卻沉吟半響，最後甚至回書房少頃，方揚長而出並書「巨魚縱大壑，猛虎在深山」一聯以贈！寫這樣的一幅題字，先生到底有何心意，我不敢亂猜。人貴自知，我自問並無聯中所刻劃的才質，心想是先生自況吧！先生在清華大學客座時、豈非有「詎知入海屠龍手」及更早的「自嘲縛虎擒龍手」等句傳世嗎？但無論如何，先生這題字，我本是斷然不敢掛出來的，特別是自己當系主任的光景。後來先生曾問起，我也直言相告！幾次反問先生此聯之典出，先生都未準確回答，但印象中他提過是曾國藩首晤李鴻章的贈言（但我至今仍無從證實，只查得上聯出自唐人錢起）！這幅題字

曾託燦輝兄代為裝裱，但多年以來，一直「韞匵而藏諸」。直到我卸除系務多年以後，因乘處理翁同龢拓片之便，才立定決心，將先生這幅墨跡裝框掛出。最慶幸者，是先生捐館前兩年曾過訪中大，我特地帶他到辦公室看這題字。先生見之，貌甚欣悅之餘，還贈我一言：「你早就應該掛出來了！」師弟倆遂相視莞爾！昨夜感念先生惠我良多，久不成寐，遂步先生丁卯舊作原韻，成七律一首，其中之頸聯，即借先生題字成句。先生九原有知、望博其一粲！

附先生原詩

流寓光陰恰易過，金樽又對醉顏酡；
漸安獨夜緣愁盡，慣破重圍任敵多。
風雨平生無媚骨，江山向晚有狂歌；
窺窗新月如眉小，百劫初心喜不磨。

（下題及署：「丁卯暮秋偶書舊句於中大博文苑即付子尹藏之 韋齋」）

巨魚縱大
壑猛虎在
深山。
　乙卯新春錄
　清人舊聯語
于尹賢契補壁
　　韋齋

流寓光陰恰易過　金榜文對辭
顏酡漸安獨夜漆　慈盡慣破臺
圍侶敵多風雨平生要媚骨江
山向晚有狂歌窺牖新月似眉小
有叔初心老不磨
于尹藏之
　丁卯薯秋偶書舊句於中央大博
　文兄即哂
　　韋齋

01-02 偶得新竹市清華大學走訪思光先生舊照有感 (2017.03.23)

水木清華憶舊遊，快哉師弟共相酬。

開壇讜論滴天髓，信步閒談撼不周。

落落青山留楚客，瀟瀟驛館鎖吳鉤。

當年此夕殊堪記，芳草淒淒知我憂！

　　1990/1991 年之交，我藉台北會議之便，走訪位於新竹的清華大學，好看望勞思光教授。其時先生返臺已有一些日子，在清華乃至在別校已有一眾員生追隨親炙。據在臺師弟妹們轉述，以老師之尊，知我來訪，早便興奮異常，並組織了同學多人，好藉機同門暢聚。整個晚上，老師侃侃而談，順着各生員之興趣，從康德講到龍樹，從李、杜講到海德格，其思路睥闊縱橫，讓我輩如沐春風。記得還偶及術數中如《子平真詮》和《滴天髓》、《攔江網》等經典，在解說過程中，先生語我曰，自知遇庚金不利，唯當時已屆庚午歲暮，故此關應可度過云！說罷隨即叮囑我到了下一個庚年，無論如何，應伺機來看望他云。我聽後把此事緊繫心中！但歷史證明，先生當年於清華只屬過客，他此後還安然度過了兩個庚金，而且，先生此生的許多殊榮，還要在後頭⋯⋯

　　到了翌日，陪老師用過早餐後，與老師和幾位師弟師妹（記得有有能及中芷等）在清華校園昆明湖和成功湖一帶漫步。大概受「水木清華」異地建校一事觸發吧，先生又侃侃談及許多歷史典故，並慨然久之，依稀記得還提及毛澤東詞《漁家傲》中有不周山之典故等，惜細節經已淡忘！

新竹此行前後，我其實曾先後到過台中看望太極拳楊玉振老師（蔡仁厚教授之岳丈）和在德國認識但此刻在清華執教的一些朋友。大家晤面雖都甚短暫，但彼此都很珍惜聚舊的每一片刻。近日因整頓舊書，以為湮沒多年的舊照片忽然重見天日，其中最讓我感懷的，是與思光先生合攝的幾幀。想起近日要為先生將要落成的銅像草擬贊詞一事，更感物是人非，為之奈何。滔滔世事如此，先生九原有知，將有以示我乎？

1990 年除夕，作者與思光師暨在臺學友合攝於清大北院（今已拆卸）

01-03 勞思光教授像贊 (2017.03.27)

　　勞思光先生 (1927-2012)，名榮瑋，字仲瓊，號韋齋，以別字行，湖南長沙人也。祖上文韜武略，以家學故，七齡即擅詩能文。先肄業北大哲學系，後轉臺大結業。來港後，於香港中文大學崇基學院講習有年，於哲學教研貢獻殊深。中大榮休後，先生再度赴臺，先於清華、政大、東吳等校客席，旋任華梵大學哲學講座，繼膺中央研究院院士、香港中文大學榮譽文學博士等殊榮。先生治學博通今古，熔鑄西東，持主體自由與開放成素之說為繩墨，俾供取捨，以別精粗。復申哲學引導之奧義，及其變化風俗之期許。於港臺硯席五十寒暑，育人無數，後學賴以啟迪。先生論道非空言理境，而直參文化之根柢，暨歷史之機運。其於政治制衡之重視，及歷史債務之憂思，誠世之木鐸也。先生畢生心繫社稷，或論列港臺，或延佇神州，皆能秉要執本，激濁揚清，其捭闔胸懷，其稜稜風骨，足為我輩表率。　乃贊之曰：

鞍山蒼蒼　覃思爾光　縈懷硯席　持論有章
詩書羅列　大雅云亡　桃李成蹊　碩學永揚
茫茫世運　中心怛傷　讜言鍼砭　恪固苞桑
旨爭剝復　怵惕楚狂　臨風仰止　斯文以昌

受業 張燦輝 關子尹 敬撰　‧陳用 敬書

公元二〇一七年歲次丁酉孟春

01-04 次韻思光師手書東坡遺句 (2017-11-28 柏林)

此生歸路儘茫然，

不礙神思步九天；

但得朋儕把酒問，

那愁今夕醉君前。

　　昨晚聽音樂會時，念及先師勞思光教授曾手書東坡《慈湖夾阻風》其中一絕。東坡此詩成於貶謫途中，從詩意可見，豁達如東坡者，於人生轉折點上亦難免有「茫然」之歎，而睿智如先生者，於手書此絕句後亦有「慨然久之」之語。撫今追昔，遂按東坡原句步韻，固藉寄思念，亦略紓己懷。拙詩首句直取自東坡而改其一字，是刻意為之，思光師或甚是東坡先生九原知之，或亦能首肯乎！

　　又先生此一手跡，實乃三十年前為先生搬房子後於棄置雜物中撿得者，經請示先生後一直備檔保存。直至多年後臺灣某一政府機關借予展覽後隨同多種先生之墨寶報稱遺失，真跡從此不復得見矣！

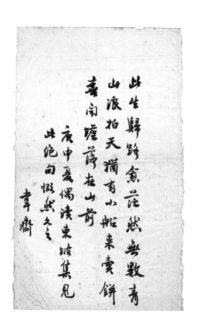

附先生手書東坡原詩

此生歸路愈茫然，

無數青山浪拍天；（東坡原詩或作「水拍天」）

猶有小船來賣餅，

喜聞墟落在山前。

庚申夏偶讀東坡集見

此絕句慨然久之

韋齋

01-05 戊戌秋日次韻思光先生癸亥舊作 (2018-10-20)

大壑深山計已遲，莫嗟星鬢漸成絲。

群賢薈萃情堪慰，累牘蹉跎事可嗤。

寶地重遊欣作客，餘生夙習患為師。

春風秋雨差還記，知己恩深未遇時。

六年前今天傍晚至翌日中午一段時間中，就是先師勞思光先生於臺北寓中因心肌梗塞失救之時。今日早上錯過了與先生前助理赴宜蘭櫻花墓園致祭之機緣，悵然若失。後於景美溪旁跑步時，按先生 1983 年的《癸亥秋日書感》步韻，成七律一首，胸懷稍暢。查該詩我多年前曾藏有先生手寫原件，故能倒背如流，唯後來已失去所在，幸仍有電子檔案留存！又近年之矢志學詩，固全得力於勞先生的精神感召。期間，覺得以步韻的方式最能親炙先生。今天的步韻詩，已是第四首了！希望某天能親至先生墓前奉上！

註：尾聯對句「知己恩深未遇時」一語於我心中縈迴數十年矣。該句亦出自先生多年前於寒舍寫下的一首絕句，此絕關乎李靖與紅拂女之故事固然，記得先生說此詩非其所作，故有「試筆」一語，但我忘了他說出自何人手筆！四方賢士知之者望能相告！總言之，該句今能用上，嵌於步韻詩之末，俾稍回應先生數十年之厚愛，誠平生一大快事也！

附韋齋原詩（唯正式印行時尾聯與多年前之遺墨有異）：

癸亥（一九八三年，五十六歲）〈初秋即事〉

射隼屠龍願已遲，疏窗晚眺雨如絲。

吟成金石誰堪語？坐困丹鉛自可嗤。

友代烹茶賓作主，女能問學父兼師。

百年世變吾將老，凋落雄懷獨笑時。

又附思光先生 1989 年於寒舍揮毫留下之七絕詩句。

座上誰尊李藥師，當年青眼屬娥眉。

丈夫第一關心事，知己恩深未遇時。

（下題及署：己巳仲春試筆於子尹私宅 韋齋）

01-06 戊戌深秋宜蘭謁思光師墓 (2018-12-02)

君故乘風駕扁舟，問今誰克棹中流。
肯將道骨埋青塚，豈效靈狐尚首丘。
理事胸懷馳奧宇，春秋肝膽繫神州。
師恩歷歷當猶記，習習薰風石點頭。

今日終於再到宜蘭縣礁溪鄉的櫻花陵園拜謁先師勞思光先生的墓地。歲月匆匆，先師捐館，不覺已是六個年頭。今年乘作客政大之便，早有宜蘭之行的打算，今得遂此願，還要深謝香港中文大學中文系同人陳煒舜教授及佛光大學新相識的蕭家怡女士兩位的悉心安排。今雖踏入初冬，但氣候仍甚溫和，在雲靄掩映下，屹立於宜蘭近海的龜山島還清晰可見。我和妻子除配備鮮花，還把我近兩年為紀念先生而寫就的幾首步韻詩印好，置於先生靈前，藉此緬懷！

下山前，還繞道參觀了佛光大學！下山後，兩位友人把我們帶到宜蘭市用餐，途中還稍看了乾隆年間建造的協天（關帝）廟和火車站側的幾米園，最後還喝了當地釀造的海藻啤酒和別具風味的「鴨賞」（有點像潮州燻鴨），這才結束這饒有意味的一天。

註：頷聯固指先生在世時寧葬於臺灣之意願。頸聯出句「理事」借佛家「理事無礙」指哲學的慧識，「奧宇」出自嵇康《琴賦》：「奧宇之所寶殖」，指先生畢生學問關懷的乃天下之事，以接對句所指其於中國的歷史機運一直心有所繫。

附陳煒舜君之步韻詩：

（再次感謝關生的邀約！謹步韻一首，以誌此日。）

時止時行唯桴舟。古今滄海自橫流。

東望翠靄迷徐福，西狩白麟悲孔丘。

耐此吟哦都外物，寒誰躑躅在中州。

韋編試解其中味，騁目禾黍麥隴頭。

01-07 辛丑春日次韻思光師 33 年前清華舊作 (2021-03-18, 新竹清大)

漫山瘴雨渡餘皇，水木清華擬舊鄉。
永夜潛思傷意緒，平明繫念寄苞桑。
天涯倦客隨風散，海角玄珠向晚涼。
尚有朋儕相顧問，塵埃得與道衷腸。

　　到清華作客不覺已有月餘，在此間的講課亦已有四週。清華的校園美得懾人，但除了湖光山色，清華所以特別讓我縈懷，皆因它曾是先師勞思光先生晚歲返臺後的第一個道場。先生在清華歷史研究所任教的日子，我曾專程來看望。當年與先生及此間一眾師弟妹暢談竟夕，和翌日在校園漫溯的情景，思之宛如昨日。今哲人已遠，乃再據先生返臺之初於清華的詩作步韻。

　　先生之原詩成於 1988 年，是先生 1955 年離臺居港凡 33 年後，首度訪臺並於清華演講後與舊友重逢時留下的詩作。屈指一算，今天的步韻詩，距先生之原作竟然又已是 33 年光景。先生 33 年前的愁緒，固躍然紙上，而 33 年後的今天，其有若識乎，世情之渾濁，世態之荒唐，是有增無已，能不教人神傷！

　　附思光先生 1988 年原詩：
　　〈戊辰夏應清華之約，來臺作專題講演。晤濟昌、思恭於臺北。品茗小談，遂成一律〉

退居猶未免倉皇，再渡蓬萊擬故鄉。

晚市樓台疑海蜃，故人眉髮證滄桑。

坐聽啼鳥前塵逼，醉策屠龍舊夢涼。

三十三年哀樂意，苦茶相勸滌愁腸。

兩詩合註：步韻詩首聯出句「餘皇」本指春秋時吳國之舟乘。頷聯「苞桑」語出《周易》，可解國之根本，也是思光先生的筆名之一。

　　先生詩首聯對句「擬故鄉」一語：查先生本籍湖南長沙(善化)，自 1949 至 1955 年在臺只待了六年，故 33 年後重新返臺，而有「擬」故鄉之慨。今步其韻曰「擬舊鄉」者，除指曾於此從先生遊外，也涉及我與清華的另一絲緣分！查 30 年前，曾於清大數學系的 Unix Server 以 guest account 網上學習使用 Unix 系統有年，俾對 Unix 指令漸趨嫻熟，這對我日後於香港中文大學成立「人文電算研究中心」，和對「漢語多功能字庫」等網頁的研發與運作，均乃極重要的助緣，故今年到清華客座，感覺上是故地重遊。

　　原詩及步韻詩尾聯均言及故友。查此番來臺，首先得與數十年東海好友瑞全兄和留德同學三保兄重聚，而兩地的老學生如兆丹、俊業的凡事照料(漢文、昭銳、德立等生員及師妹恩慈亦將相繼來訪)，加上展華夫婦介紹的表親張、何二氏，和兆丹引介的好友慧娟，還有哲學所的舊雨新知的訊問與約晤，課餘飯後都不愁寂寞。亂世之中，尚能如此苟活，夫復何求！

退居雜詠 丁卯

于平瞑獎存念

韋齋 丁卯九月

作者於清華隨待勞思光先生

第 2 章

紀遊篇

02-01 疑幻似真獅子山：歐遊心影 (2017-04-12)

結伴當年意態狂，蘇城北海路何長！
朝馳鐵馬頻鞭策，夕對金樽共引觴。
歐陸風情神幾奪，龍城肝膽緒難忘。
燈前乍現獅山影，錯把馮京作馬涼。

日前曾貼出多年前自蘇黎世驅車往柏林途中於德國 Füssen 附近拍得酷似獅子山的景色，把照像上傳面書後，有生員網上表示根本就是獅子山云云。這兩天幾經查考，發現所貼二圖其實真的是香港的獅子山（其中的高樓是黃大仙啟德花園）。就這件事情，容我先向大家懇致歉意。但我絕非有心誤導的，因三年前在德國驚見酷似獅子山這回事確是實情。但為何有此誤會呢？我再三反思，可能因為我於見到德國版「獅山」的現場拍了照像後，曾上網下載獅子山圖片以作比較，但後來在整理相片時，因原圖在暮色中拍得並不特出而被不小心刪除了。但由於在記憶中仍留下在德國在交通紅燈前乍見獅山的鮮明印象，日子久了，反而錯把下載用以比較的圖片以為是原拍的映像而錯誤地上載。

為了找出 Füssen 附近那酷似獅子的山形，昨天我曾以德文去信 Füssen im Allgäu 旅遊部，竟獲負責人 Anke 兩度覆信，指出在離 Füssen 11 公里之遙有一名 Zirmgrat 的山頭，可能就是我疑是獅子山的所在了。不過細察 Zirmgrat 多幅圖片後（圖從缺），我得補充的是當日我所見者，實比圖片所示者更酷似獅山，可能是某一角度使然吧。由於真的誤導了各位，昨晚乃口占一律，權作

「自我懲罰」，並藉此向各位賠罪！

　　又及：特別欣賞柏健、達名等對我的貼圖深抱懷疑，他們不因為老師的一度堅持而輕信，值得嘉賞！

02-02 夏日偕友邀遊俄羅斯古都諾夫哥羅德 (Novgorod)（2017-06-30）

諾城聳立近天邊，水秀川靈別有天。

據險臨江開霸業，修文革典歷豐年。

東征十字嘗吞恨，西狩可汗饞莫鞭。

饒自北疆新市建，風光只待憶從前。

註：頷聯出句詠維京人留力克 (Rurik) 入俄率領斯拉夫人於北地建立俄人後來的據點；對句指基輔及諾城大公 Yaroslav the Wise 之政績。頸聯出句詠中世紀時涅夫斯基 (Alexander Nevsky) 智取條頓武士北行十字軍之戰役；對句「可汗」讀作「克寒」，當泛指蒙古鐵騎雖橫掃俄羅斯，但始終無法攻克諾夫哥羅德城。尾聯指聖彼得堡之建立，諾城之地位漸被取代！

02-03 丁酉夏日遊聖彼得堡戲成一律（2017-07-04）

> 沙俄矢志務開疆，建寨冰原控九荒。
>
> 南伐明駝通黑海，北馴玄豹固金湯。
>
> 宮闈貴冑兼珍味，市井蒸黎但秕糠。
>
> 十月極光一砲響，百年大夢幾滄桑！

　　這次到俄羅斯旅遊，實獲益良多。主要看了莫斯科、諾夫哥羅德，和聖彼得堡三個城市。特別對帝俄君主彼得大帝矢志把俄羅斯自一封建國邦推向能與西歐列強分庭抗禮之現代國家之事蹟印象最為深刻。其中，聖彼得堡建於北地滿是沼澤之海隅，而終於演成今日的國際都會，背後隱藏的見識、毅力與血汗真的令人既讚且歎！不過，彼得大帝之鐵腕管治，其窮兵黷武，及其廣置宮室，對國民亦造成了重大負擔。數代後的嘉芙蓮大帝（實德國人）步其後塵，把俄羅斯的文治武功推向了另一高峰，但國力虛耗之重擔最終落在廣大人民身上這一大局亦積重難返。再越數代，由於長年積累的社會矛盾得不到解決，終於釀成了十月革命！不過，繼而崛起的蘇維埃維持了約七十年，亦終於落幕。今年正值十月革命百年之期，今日俄國將以哪一種態度去迎接和評價這一歷史時刻，實在饒富興味。

　　上詩乃由莫斯科回香港航班機上草就的。

　　註：首聯指彼得大帝周遊西歐後於北部荒原覓地建立將來可

通出波羅的海的據點。頷聯出句指其與鄂圖曼帝國蘇丹角逐頓河 (River Don) 一帶的 Azov 地方，以通出黑海，對句指其與北方強國瑞典國王查理十二世 (Karl XII) 多番用兵及日後聖彼得堡主城的締建。頸聯指歷代俄君的大規模修建宮室園林，如 Peterhof, Winter Palace, Catherine's Palace 等事，對句指杜斯妥也夫斯基所諷的「富的」與「貧的」兩個聖彼得堡的對立。尾聯當指 1917 年革命軍自巡洋艦「極光號」(Aurora Cruiser) 炮打冬宮，啟動了俄國十月革命的事件。

最後借此一角向率領遊俄團的隊長子明及副隊長雅俊致謝。沒有他們事先的周詳準備，和沿途的細心照料，隊友們不可能有如此豐富的收穫！

02-04 意大利 2017 自駕遊（2017-09-16）

同儕異地喜相逢，山色湖光擬夢中。

幾片殘霞迎落照，半生煩惱付長空。

五方煙雨天涯客，四海雲宵陸漸鴻。

何日共君再剪燭，齊鞭鐵馬嘯西風。

註：「五方」即意大利西北部五漁村 Cinque Terre 一帶。我
們遊 Manarola 和 Riomaggiore 兩小鎮時，一直霪雨不止。「殘
霞迎落照」描寫在阿西西 (Assisi) 的兩天我夫婦倆偕團友小 B
於聖方濟堂外草坪看日落的情景。「陸漸鴻」借易經漸卦上
九「鴻漸于陸」之典，指同儕們經翱翔四海後，均已漸「登
陸」，並在安排理想的退休生活。「齊鞭鐵馬」指這次十三
人分乘三部出租車於公路上兼程的壯麗行色！

愚夫婦倆得此機緣，能自柏林客寓飛米蘭與崇基勵社諸君同
遊，暢快何似！謹向團長祥卿、意大利「地膽」領隊招仔、財政
阿娟、旅程策劃小 B、Katy、阿清、車隊駕駛「同袍」沙林、劉妖、
高郭、及隨團各賢內、外助 Suzanne、了哥，和內子致謝！

02-05 德國哈茨森林 (Harz) 的美麗與哀愁 (2017-10-14)

> 茂林幽壑起氤氳，古木擎天比萬軍。
>
> 墨客騷人留野徑，秋風紅葉映彤雲。
>
> 固它物博供饌饌，卻我情多任酒醺。
>
> 哀那悠悠青草地，五尋深處盡冤魂！

上週友人 Haubenreisser 伉儷帶我們到德國中部的哈茨森林區渡假，前後九天。哈茨幅員甚廣，猶記得我於十五年前曾和德文老師 Dr. Klünder（江倫德）自 Ilsenburg 開始步行上克茨林區絕頂 Bröcken.，往返用了共九小時。今回卻只選了 Thale (Bodetal), Elend, Schierke, Ilsental, Altenau 等幾個風景點，作短程的行腳。此外，便大都驅車於哈茨區內外遊弋，把這一帶的歷史城鎮都走了一遍，較重要的計有 Quedlinburg, Wernigerode, Ballenstedt, Thale, Gernrode, Harzerode, Roseburg, Stolberg, Benneckenstein, Bad Lauterberg, Braunlage, Elend, Schierke, Osterode, Ilsenburg, Nordhausen, Kyffhäuser, Herzberg, Altenau 等，回程時又先過訪與馬丁路德息息相關的名城 Lutherstadt-Eisleben，然後才於深宵返抵柏林。

這回哈茨之旅，可謂自然與文化兼而有之。以秋天而論，這幾天的哈茨可謂風雨飄搖，卻不減我們尋幽探勝，和品嚐各款道地啤酒與美饌的興緻。其中，以文物之豐盛而論，當數古意盎然的 Quedlinburg（我是第三次去）、Wernigerode 、Stolberg 和 Eisleben 。但感受之最深，則當數前後兩天仿如從天堂走到地獄的

經歷。事緣我們先於 Thale 和 Elend 的多條「歌德徑」(Goetheweg)
和 Ilsental 的「海涅徑」(Heinrich-Heine-Weg) 蹓躂竟日，欣賞自
然風光之餘，還隨時看到鐫刻在石壁上的經典詩句，因得以領略
詩人的跌宕情懷。然而翌日我們到了 Nordhausen Kohnstein 附近
的 KZ-DORA-Mittelbau，看的卻是納粹德國戰敗前鼓其餘勇，於
哈茨以南不遠營建的地底武器工廠暨集中營，即製造 V1..V2 系
列火箭之所在。我們參觀了油油草地掩閉下近年重新開放的工
場，一方面驚嘆德國人當年已達致的高科技水平，但同時被其規
劃下慘無人道的，以勞工的健康、生命和尊嚴換取的「業績」所
震撼。因為此間被徵集的「勞工」，必須長久於黯無天日、食物
短缺、睡眠不足，和起居條件極度惡劣的條件下，從事體力透支
的苦役。一般人「一入侯門」，生命便已進入倒數，通常活不過
四個月！多年前我曾於波蘭 Krakow 近郊的奧斯威辛 (Auschwitz-
Birkenau) 看過更慘不忍睹的展示，今次看到的 DORA，其性質雖
異，但就對人命的賤視與人性的踐踏而言，其實絕不較前者為輕，
因為無論是前者或後者，人性的基本底線都早已被凌遲殆盡矣！
看了 Nordhausen 這昔日的德國，比起痛定思痛後今日德國無論國
民和國格的脫胎換骨，教人嘆息再三、反思再三、寄望再三！

註：感謝煒舜提醒 Harz 早被留德前輩外交家王家鴻譯作「哈
茨」，今依其譯。本詩主要押平水韻 12 文韻，然尾聯「魂」
則屬 13 元韻，成「孤雁出群」格局，亦頗堪玩味。「任酒醺」
一語出自杜甫，此後追隨者不計其數，余愛此語久矣，今亦
借用。頸聯「固它⋯⋯卻我」之對仗，靈感得自元稹《遣悲

懷》中「顧我……泥他」之典甚明。首聯乃於途中得吾妻之
啟發者，謹識！

紀遊篇

02-06 丁酉歲暮訪田園 (2018-02-12)

半畝方塘近水陽，田園冬盡菜花香。

久荒日月疏長計，且伴同儕訪舊鄉。

漫採青苗充野饌，權炊紫芋作瓊漿。

翻思世運終無語，願寄蒼黎壽永昌。

日昨偕妻女及友儕於新界郊遊，除享受冬盡初陽，更得效農家之樂。回程時經大埔公路返家不久，驚傳同一路段巴士於中大附近的大埔公路翻側的嚴重車禍，死傷枕藉。潛思我們最靜謐安詳之際，正是幾許生命讀秒之時，天地蒼生禍福旦夕，不亦如此乎！念之惻然！願逝者安息。

02-07 戊戌元日與友遠足如舊有感 （2018-02-17）

> 每屆新正步海隅，良朋山水與縈紆。
>
> 平沙野鶴任閒啄，深巷韓獹可共娛。
>
> 歲月猶然驚爆竹，天涯奚若醉屠蘇。
>
> 浮生一瞥爭如夢，知己恩深道不孤。

二十多年來，每屆新歲元日，我們於家中招待完弟妹來訪和到岳家拜完年後，都會約同一眾最稔熟的好友到新界鹿頸集合團拜，然後沿香港最北的海邊漫步至鳳坑村，乃至荔枝窩村而止。沿途渚清沙白，幽徑荒村，欹山怪石，風光美不勝收。多年前我們便曾在此一帶放鞭炮（今已禁絕），並結識了鳳坑村的幾位老村民，如是每年往訪，必握手言歡。後來那幾位老人家蹤跡漸杳，我們如今仍好生懷念。

近些年我們由於到鳳坑只屬路過，便都繼續前行，經過略帶丹霞地貌的海岸，遠溯至荔枝窩而止。唯該地近年春節期間亦罕見人跡，深巷之中只餘村狗一二出迎而已。我們稍事休息，拍照留念後，便要趁天色尚早即原路折返。

回程時，我們幾家人例必各自驅車到約好的飯肆用膳。最值得一提的，是好幾回好友中的黃家都帶備屠蘇酒，與眾共飲。查新春時節，自幼及長共飲屠蘇酒，本漢人傳統習俗，唯今日已鮮為人知，有謂「禮失求諸野」，此俗幸於日本猶有流傳！昨天我們晚膳時便再行此俗。我這一眾友儕，這些年來，除了有此「春運」之慣例，其實在許多事情上，都惠我良多。昨天酒後，因感

念我輩數十載情誼，乃成一律以紀懷……但願人長久……

註：「韓　」原解戰國時韓國之良犬，後於詩文中可用作狗之通稱。古文中，貓之稱「狸奴」，犬之謂「韓獹」，都是當年從勞思光先生遊時所得知者，此記，並寄上思念。

02-08 黃河壺口觀瀑（2018-04-15）

> 通天壺口兩崖關，萬里黃河號此間；
> 北冥靈龜難僭越，南山鷟鳥倦飛還。
> 雲翻雨覆時生患，膽裂心驚代孔艱；
> 嗟爾風陵東逝水，黔黎千載淚斑斑。

　　黃河一般被稱作母親河，其乃沿河流域灌溉所仰仗固然。但黃河的另一面，就是河患頻仍。據統計，自古以來，黃河以「善淤、善決、善徙」著稱。數千年來，由於中下游河道嚴重淤積，黃河決堤泛濫成災踰 1,500 次（俗謂三年一決堤），大的改道凡數十次，其中七次曾造成大影響。日前於鄭州以北看過黃河中游淺灘，今天在中上游終於經歷了山搖地動般震撼的壺口觀瀑。撫今追昔，乃口占一律。

　　註：「冥」姑依粵俗讀仄聲。「靈龜」指的是河道中流的「龜石」，「風陵」指河套南端風陵渡一帶黃河折向東流之情景。

02-09 戊戌春盡過解州關廟及洛陽關林（2018-04-17）

偃月青龍百劫身，

千秋河水沐前塵；

伽藍菩薩終能渡，

何處乾坤得解人。

　　關羽生前身後自侯而王，自王而帝，自帝而聖，自聖而天，世代以來，備受萬眾景仰。若我族族譜及鄉親所據所考無誤，我輩固應屬關羽 68 代後人！唯近年查閱之資料中，感受最深者，卻是佛門傳說中，關羽身後被天台智者大師（一說是普淨禪師）感化的故事。話說關氏麥城蒙難後，被孫吳處斬，其首級被連夜飛送曹操，乃有「頭枕洛陽，身臥當陽，魂歸故里」之說。佛門故事乃指關羽身後忿忿不平要找回頭顱，終於遇上天台智者，被智者大師反詰：「汝怨恨被取首級，但可曾設想汝一生取過他人幾多首級乎？」關羽一聽，立地解悟，並皈依我佛，成為佛門的伽藍菩薩，與韋馱菩薩同列佛門之鎮寺護法！這故事雖屬虛構，但實有深遠意義，因其不但讓先祖關羽享盡蓋世英名之餘，於身後真正得到一份大圓滿，而且這故事對於浮世中的你我，亦蘊有無盡啟示！

　　近年得知我族乃關羽後人，並未讓我參與傳統的關帝崇拜，但慎終追遠之情卻不能免，這次我踴躍參加晉南豫北之旅，亦因緣於此。由於大隊的行程早已訂定，故前天遊完芮城縣道教名觀永樂宮後，在回運城途中，於徵詢團友同意後，乃得以繞道解州

關廟小歇一刻，其時廟門早已關閉，我們只能於門外拍照留念。昨天抵達洛陽，當然行程的首務是要先看白馬寺和龍門石窟等勝景。今天由於早餐後便要兼程返鄭州登機，我乃在破曉時分自行退房，離隊獨訪關林。由於時間極為緊迫，抵達後亦只能匆匆憑弔而已……回程車上，回顧先祖一生功業，發於有感，遂譜成一絕！

註：上引佛門故事取自《三國演義。七十七回》及《佛祖統紀。卷六》。末句實借自先師勞思光先生《辛未元日》詩作，與前三句信是天衣無縫，盼吾師九原首肯！謹誌！

02-10 秋日過林語堂故居慨不自已 (2018-10-09)

陽明山下過雙溪，青塚回瞻日影低。

幽默澆腸羈意馬，語絲奮翼透靈犀。

風聲鶴唳求明快，瞬息京華恨寖迷。

痛徹如斯尚抖擻！珠璣字字辨雲泥。

昨天在一位年輕朋友的陪同下，走訪了陽明山上的林語堂故居，居中一案一几、一桌一椅，都保留了林氏生前的模樣，置身其中，讓人緬懷！特別有意思的，是林氏的藏書（包括他等身的著作）和字畫、印章、印泥、煙斗等，都陳列得井井有條。我們看過縷述林氏平生的紀錄片外，於故居主任蔡女士的特許下，翻閱了林語堂《當代漢英詞典》的底稿。查我曾於二十年前於中大出版社的同意下，以區區數人之力，把林典重訂為網絡搜索版（至今累計訪查踰四千萬人次）。林典的製作，對我負責的人文電算研究中心來說，是技術上的試金石，對於我們今日廣被使用的「漢語多功能字庫」的開發，有前驅的作用！

我們參觀完故居內部展品，信步來到林語堂墓前，默默為這位活得精采的前輩致敬，然後回到故居的廻紋石簷陽臺上品茗，在暮色蒼茫中，繼續緬懷哲人一生行止⋯⋯

註：除首聯外，頷、頸、尾聯均與林氏的志業有關，包括其備受欣賞的譯筆、所辦之期刊、所著之書稿、所研發之中文打字機、及所編纂之《當代漢英詞典》等。較特別的是頸聯

出句「風聲鶴唳求明快」借書名比況林氏傾盡家財研發「明快中文打字機」一事；而對句「瞬息京華恨寖迷」，實指林氏委託好友郁達夫把自己的英文小說 Moment in Peking 譯成中文，唯因郁氏遁跡於星印，因而興起的「今達夫不知是病是憊，是詩魔，是酒癖。音信杳然，徒勞翹望……」之嘆！又尾聯出句「痛徹如斯」指林氏長女林如斯因經年耳鳴而輕生之事，對句則指林氏編纂《當代漢英詞典》這份心血之終於完成！

附記：

林語堂：《當代漢英詞典》網絡版：

http://humanum.arts.cuhk.edu.hk/Lexis/Lindict/

漢語多功能字庫：

http://humanum.arts.cuhk.edu.hk/Lexis/lexi-mf/

02-11 初遊越南心念舊友（2018-08-31，越南峴港）

> 交趾南遊過碧灣，浮生此日寄瀛寰。
>
> 方今異國嚐佳味，憶昔同儕隔萬山。
>
> 曾共天涯流寓客，更同方外片時閒。
>
> 翻思爾土蒙塵日，戰火陵夷舉步艱。

今年八、九月間，我和妻女曾有越南中部之行，主要看了順化、會安、峴港三個城市。我雖是首次踏足這國家，卻有說不出的情感，皆因我在留德歲月中有一極要好的越南朋友阮君。他比我稍年輕，但早我許多年即以十七之齡被父兄送往歐州，以避開戰火蹂躪下的越南。在留德幾年中，我們從他和他的法國太太處吃了數不清的越南和法國美食。他還是我的乒乓球友和我的網球老師……但讓我留下最深刻印象的，是多年來無數夜晚和他讜論天下大事，和從中察覺到他那份遊子去國的無奈。記得他每提到當年美軍在越境投下大量落葉劑等事，都恨得咬牙切齒。

阮君雖十多歲便離開越南，但對於一切越南東西都愛護情切。記得有一回他和一群越南朋友在挑戰我吃「鴨仔蛋」的膽量，我那會讓他們「數落」，終於放膽一試，卻原來挑了一隻「超齡」的鴨蛋，結果，我取得了人生唯一一次「茹毛飲血」的慘痛教訓。不過，這毫不損害我和他的真摯友誼。這次越南行腳中，幾乎每一刻都想起他。

02-12 過杭州謁錢塘于忠肅公墓（2018-11-02，杭州）

> 秋思寥落繞梧桐，西子湖頭煙雨中。
>
> 絕代孤臣歸史藪，奪門寃報賊旌功。
>
> 拋家禦敵一身膽，報國忘軀兩袖風。
>
> 石劍玄圭青塚冷，九原寂寞古今同！

日前借杭州會議之便，走訪了位於西湖西岸不遠三台山上的于謙墓。由於飛機誤點，而于忠肅公祠於下午4時半便要關閉，趕到時，正是關門的一刻，只能朝祠裡勉強瞄了一眼，便即要離開。幸好墓冢之參觀並不受限制，不過，從眾人所述和當日親身所見，于謙祠及墓卻是遊人罕見的。于謙其人，文韜武略，其事蹟中學時當然早曾涉獵，但他最負盛名的明志詩「石灰吟」卻是先師勞思光先生教曉的，而這亦激發了我後來對于謙詩的興趣！這次終能親到其墓前致敬，實了卻多年來一件心事。

註：頷聯頸聯主要述于謙為官剛正有大節，後因土木堡之役，明英宗聽信王振之言貿然御駕親征，至令明朝萬千精銳化作蟲沙，英宗亦被俘擄。于謙以國不可一日無君，遂參議策立新君景帝，並力斥遷都避敵之議，挽明朝社稷於既倒。後更重整明室殘餘軍旅，力守北京九門，終於擊退瓦剌也先部隊，並促成英宗之南返。多年後英宗以「奪門之變」復辟，其雖深明于謙之大義，卻仍受讒佞左右，以「叛逆」罪致于謙於死地。于謙被抄家時，得證家無餘產，其為官清廉可見，而

這都成為歷史的遺憾！于謙殉難後，妻、子均發配邊疆（電影「龍門客棧」劇情即以此為據）。到英宗子憲宗即位，于謙案終獲平反。又到了明孝宗弘治年間，于謙更獲追光祿大夫、柱國、太傅等銜，並賜在墓建祠，御題「旌功」，亦即今杭州三台山上日前驚鴻一瞥的于忠肅公祠！哲人日已遠，典型在夙昔，如此肝膽，這般氣節，於今世上，能有幾人！

02-13 加國山中感懷——壹韻雙弄 (2019-07-08，Waterton-Golden)

朝辭南郭遠人煙，夕飲瑤池近水邊。
百丈縈迴風捲地，千山環抱雪連天。
平湖蕩漾亡它慮，絕壑深幽照朗然。
故舊親知言契闊，一杯傾盡暖心田。

朝聞去國起狼煙，夕對寒鴉望斗邊。
萬眾離明傷入地，千夫坎險恨連天。
樽前未可睽羈棧，醉後容能返自然！
大夢春秋誰得證，曾經滄海變為田。

　　上月中下旬的加拿大自駕遊，是內子期待已久的行程，兩星期的旅程，可謂一舉數得。首先是看望了她多年不見的叔父和堂兄弟妹。難得是我們抵埗的第二日，原來正是老人家九秩晉二的佳辰，我們因而有幸得與一眾親戚歡聚一堂。二者，此行我們負責把大舅夫婦帶到加國與叔父團聚，並於逗留卡爾加里的幾天帶他們於方圓 250 公里內作短程遊覽，期間分別去了 Banff Upper Hotsprings, Johnston Canyon, Lake Louise, Moraine Lake, Crossiron 等地。三者，內子近年有一願望，是去賞覽美加邊境的「冰川國家公園」(Glacier National Park)，結果我們送別大舅後，乃得夫妻二人輕車南下，先於美加邊境的 Waterton 歇宿，再於翌日過境，真的把冰川國家公園中最具代表性的「朝陽大道」(Going-to-the-Sun-Road) 全程走了一回，端的是風光無限，美不勝收。其

四，是要重溫多年前遨遊加拿大洛磯山脈 (Canadian Rockies) 的經歷，結果，我們夫婦於完成了冰川國家公園路段後，即折回加國，再於 Waterton 休息一晚後，向北先走了山環水抱的 3+93+95 號公路到 Radium Hot Springs 浸泡，並於 Golden 歇宿一宵後，轉入 Emerald Lake 泛舟湖上，於小鎮 Field 稍息，再漫溯 Icefield Parkway，遂得以再次置身於洛磯山最為壯美的湖光山色之中。其五，是藉此機會去看看內弟及弟婦於艾蒙頓 (Edmonton) 的房子，和看望移加多年的侄兒侄女，還有與我們五十年交情的中學同學 Margaret (2018 年年底是她到臺灣看我們)。這許多願望，在兩個星期近三千公里行程的緊密安排下，都一一完滿達成了，累是夠累了，但真讓我鬆一口氣。

內子蕙質蘭心，向來對認識的人和事都有無盡的顧念之情，這固是我倆自邂逅之初即情意相投的原因，而這旅程的構想與實踐，亦由此而起。

加國地大物博、民風淳厚，我們十九年先後兩次自駕遊，都留下良好印象。於此感謝旅途中久別的親誼及新認識的朋友，得蒙盛情招待，打擾大家了！有緣不日再聚，但願人長久！

然而，上述的溫情與開懷，只是我們此行的一個側面。用德國哲學家叔本華於《作為意志與表象的世界》書中所指，這或許只是此行的「表象」而已。因為，一個本來早已計劃了幾個月的行程，一旦踏上旅途，本應是全心投入才是的。其實我們也嘗試以盡量舒逸的心情去暢遊。但結果兩星期的行程，幾乎每一刻都在惦記著香港的局勢，並隨著局勢的發展，心情愈加沉重。這一種幾近精神分裂的旅遊經驗是前所未有，最後終於反映於旅途間

在醞釀的兩首詩作上，這兩首律詩，我故意用了同一套律腳，意境卻是南轅北轍，故戲名之「一韻雙弄」。

02-14 柏林憂思 (2019-09-08)

　　客寓罿思悲路窮，庾園血雨夾腥風。
　　滿城黎庶揪心赤，迷步豺狼照眼紅。
　　朝夕鄉懷愁共業，海隅老驥痛書空。
　　維天穆穆恆觀化，何日乾坤見漏終！

　　這一回卜居柏林，是兩年前已訂定的計劃。但屆離港前夕，心情沉重得幾不能自已！抵歐後，回到自己熟悉的環境，見過闊別的好友，心下雖稍寬鬆，但對香港的想念和擔憂，仍是無時或已。旅途之中，日復一日見到媒體傳來動蕩的情景，都會對自己苟安於世外感到絲絲的內疚。但願香港的事情終有解決的一天。

02-15 登維蘇威火山繼遊龐貝古城 (2019-11-14，Pompeii/Berlin)

千仞爐峰共仰攀，憑高據險望幽灣。

率皆遠客巡周道，幾許亡靈陷草菅。

況復熔融兼劫燼，哪分耿絜或愚頑。

無常今日誰親證，魄散魂消轉瞬間！

今秋自柏林先飛馬爾他島作三天自駕遊，越數日繼飛西西里島與友會合驅車環迴一週，走訪名城如 Siracusa, Agrigento, Porto Empedocle, Palermo, Celafu, Taomina 等，再到意大利中部 Sorrento, Amafi coast, Positano, Ravello, 等地，最後於大城 Naples 盤桓多日才折返柏林。這些地方的風土人情都和我們熟悉的北國風光大異其趣，但整個旅程最令人難忘的，就是登上維蘇威火山和遊覽龐貝古城 (Pompeii) 的一天。簡直可以震撼二字形容，一如上詩所記！

02-16 梅花古道 （2020-11-07）

莫憐幽草澗邊生，且羨山中任自營。
唯共天工參造化，更無帝力判枯榮。
曉披拂曙霞衣薄，夕仰搖光灩月清。
卻是此情難復寄，香城去路滿榛荊！

離我們家方圓十里之內，有不少可供遠足的步道，其中一條通往梅子林的山徑，更屬年代久遠，名為「梅花古道」。這個景點聞名久矣，但竟從未遊覽。今天趁假期之便，忽有一衝動去看看。這步道其實不太陡峭，但由於非常崎嶇不平，對於少運動的內子，已不算容易。沿途的奇花異卉，幽徑松風，特別是那遠離混世的感覺，讓我們不悔此行。

在途中一木橋上，我憑欄稍息，聽著潺潺水聲，注意力忽被澗邊石上一顆小草所吸引。後至的妻女見我看得出神，正待相詢……就在這剎那間，詩境、詩眼、詩句都有了……

第 3 章

感懷篇

03-01 登高賦懷 (2016-03-06)

鷙鳥奪天風，翻然雲海中；
千山迷日遠，萬事轉頭空。
宿世不群志，浮生如大夢；
落霞今作別，此去邈蒼穹！

　　週日登高望遠，想起《楚辭‧離騷》句：「鷙鳥之不群兮，是前世而固然！」乃指蒼鷹而成詩，雖屬戲作，亦頗紓胸中塊壘！

03-02 城河沉吟偶遇童稚戲成一律 (2016-07-13)

> 獨坐河堤畔，神思茍日新。
>
> 童蒙驚臲卼，瀛海孕天真。
>
> 塵滓盈前路，臆胸繫貞筠。
>
> 臨風聊寄語，信是有緣人！

　　今天整天在家中埋首於北京會議的論文，傍晚時被「敕令」外出！由於論文的時限緊迫，乃在城門河畔繼續沈思！良久，後方傳來一把銀鈴般的聲音，像有話要向我說甚麼似的，回身察看，是一名五、六歲的小女孩。反覆問了兩回，才知道原來她說我坐在河邊的欄杆上很危險，說怕我會掉到河裡去云云。我聽後啼笑不得，唯有好言安慰，說我坐得穩當，不會有危險云云。好一個如此乖巧的孩子，對陌生人如我也能表現出這般的關顧之情，天下如多幾個這種善心的女孩多好！（事後回想，人掉進河倒不怕，手上的稿本丟到河裏便可怕得多！）結果，我坐到暮色四合，終於把稿件的結論也修訂完畢！有謂詩以言志，昨日心中塊壘，乃更得以舒發。唯限於詩才，所成一律頸聯出律，高人盼莫見笑！

　　註：「臲卼」語出《易·困卦》上六：「困于葛藟于臲卼。【孔疏】臲卼，動搖不安之貌。」

03-03 丙申中秋憶往 (2016-09-16)

此夕中秋月滿園，當年今夜慶團圓。

三星拱列何堪語？廿載愁懷暗自煎！

合浦珠還空抱恨，莊周蝶化總情牽。

邇來心事催人老，不忍聊參一味禪。

註：昨夜飯後跑步，沿河遊人遠多於平日，誠此中秋故也。後於堤畔小坐，但看皎月當庭，月華璀璨，杳杳長空，唯三星可見（即織女 Vega、牛郎 Altair、天津四 Deneb，亦即天琴座、天鷹座及天鵝座之亮星，所謂夏夜三角 summer triangle 是也）。後返家與妻女齊看山田洋次日語電影《我的長崎母親》，描述二戰末長崎原爆後，母親與學醫兒子之亡魂相處的一段心跡。後久不成寐，遂披衣起坐，草成一律。

03-04 祝願 (2017.01.05)

> 耿耿長庚夜吐光，萬家燈火備冬藏；
> 猶憐稚女罹騫患，願托孤明惠爾康。

昨夜於城門河畔漫步，見金星耀目，金星古稱長庚，又曰啟明，於歷代騷人墨客之筆下，乃祥瑞之星也。查《詩經‧小雅‧大東》：「東有啟明，西有長庚。」漢《毛傳》訓之曰：「日旦出謂明星為啟明，日既入謂明星為長庚。」到了宋代，最重「格物致知」的朱熹亦於《詩集傳》中不厭其煩的指出：「啟明、長庚，皆金星也。」無獨有偶，在近代西方哲學中，弗列格 (Gottlob Frege) 即借 Morgenstern/Abendstern 與 Venus 之關係以說明其於「意義」與「指涉」(Über Sinn und Bedeutung) 之間的區別。不過，昨晚最讓我記懷的，並不是這些哲學理論，而是一位以稚齡而罹足患的很親近的侄孫女 Venus……蓋在西方的神話，金星即維納斯也。深深祝願我們今年剛開始就學的小女神維納斯能快樂地成長，能從學業上取得滿足，並終能恢復健康。

註：我本擬用「蹇患」，但因「蹇」仄聲，會與上聯失粘，才考慮平聲的「騫」。理據是《詩經‧小雅‧無羊》：「矜矜兢兢，不騫不崩》。《毛傳》：「騫，虧也」。又《新華字典》：「騫」字條：「通"蹇"，跛足」！其實如忍受失粘，用「蹇患」未嘗不可！

03-05 撿拾殘書有感 （2017-08-07）

> 流年荷月理殘書，竟日窮陰任卷舒；
> 物我比量虧造化，中邊分別費踟躕；
> 人間尺牘藏蠅虎，化外因明饗蠹魚；
> 幸有生員稱俊彥，火傳薪盡復何如。

近日繼續收拾辦公室。由於我歷來興趣蕪雜，幾十年下來，積存的藏書，除了哲學類別，也包括不少閒書。今退居在即，各式書籍，丟的丟，送的送，其中不少都未及精研。莊子有謂，吾生也有涯而智也無涯，吾固知之，但論感受之深，則莫過於今時。此外，在整理的過程中，許多早已忘遺的物事重現眼前，哪些東西要保留，哪些要捨棄，一時間實頗難決定。

話說前天在辦公室便搜出一殘舊不堪的紙皮袋，內藏事物，還未打開，數十年前求學時期的一幕便即浮現於腦海……事情是這樣的：

事緣 70 年代中期，我於香港中文大學哲學研究所就讀時，業師勞思光先生正於美國普林斯頓大學訪問。我當時正好在研習黑格爾的理論，很湊巧地，在先生的書架上找到了黑氏的重要著作《小邏輯》，便逕自取用。那階段，我的德文還未能自由閱讀，這本 Wallace 的英譯本便正派上用場了。由於該書本已很殘舊，經不起我反覆翻閱，終於讀破了，但由於論文正在進行中，唯有繼續用下去，書本乃終至於「支離破碎」。後來先生回港，我向他報告這「慘況」，並致歉意。先生只和顏悅色的一句：「沒關

係」！當然，書破成這個樣子，我也不好意思歸還，乃另買新版補償，而原書則保存迄今，但其殘破，似又更甚於當年。今日自己已屆引退之年，這本閒置多年，卻這麼有紀念性的物件（上有思光先生英文 Y. W. Lao 簽署），今天重現人間，亦屬難得。我乃隨手轉贈一位立志鑽研歐陸哲學的學生葉朗年⋯⋯這或許可算是某一意義的「薪傳」吧！

註：「荷月」即農曆六月；「窮陰」本指一年之將盡，今指學年之即將或已完結。「虧造化」絕非「窺造化」，實歎一己學力之有限也，歌德所謂「浮士德精神」，想亦去此不遠！「中邊分別」乃佛家語，姑借以一方面指哲理判斷之艱難，另一方面也戲指近日書籍去留取捨之猶豫；「踟躕」出自《詩經・邶風・靜女》：「搔首踟躕（躇）」，亦猶豫解。「藏蠅虎」指整理舊日的書信時發現蜘蛛（一笑），蠅虎又稱蠅豹；「因明」即「邏輯」，「化外因明饗蠹魚」當指勞思光先生傳下來的和四十多年前我曾使用的黑格爾《小邏輯》一書早已成為蠹蟲之美食矣！

03-06 冬日客居自炊戲成一絕 (2017-12-05)

> 日昃飢腸瘦，心光卷際浮；
>
> 瀛寰今作饌，真味此中求！

昨日午餐自己炮製了「一品窩」（即德國人所謂 Eintopf），佐以朋儕 Hans Feger 借來的哲學經典，乃得略飽飢腸，即物起興，遂戲成一絕。不過，「一品窩」吃多了，我還是愈發想念愛妻的巧手菜式！幸好她兩星期後便重返柏林！

由於年底便當賦歸，而德國的冬季學期要到二月中才完結，所以最近這兩週要連續於星期四、五兩天講課共六小時。不過由於對課業的內容與進度早已清楚掌握，所以雖頗辛苦，但仍是樂在其中。課後還和部份學生拍了合照。

又今天講課前無暇煮食，要講完四小時才回家又炮製了一碗叉燒滑蛋蔥花麵。休息片刻，便趕赴城中，聽了柏林愛樂團另一場精彩演出。曲目是由 90 耄齡的 Herbert Blomstedt 擔綱指揮的 Mozart, Klavierkonzert, A-Dur, KV 488, Solistin: Maria João Pires。隨後還有長踰一小時的 Anton Bruckner, Symphonie Nr.3 in d-moll Erste Fassung. 這個晚上，每一分鐘都是靈魂的盛宴！好不充實的一天。

03-07 柏林講席書懷 (2017-12-16)

> 林間窗外雪紛飛，客坐經悼半掩扉；
>
> 天馬璇璣藏歲步，山牛獬豸證幾微；
>
> 三思羊我開存有，一念身心泯是非；
>
> 倘記寒窗苦讀日，慎終若始尚依稀！

　　昨天是這學期在柏林自由大學第二次連續兩天講課六小時之期。期間，窗外曾飄起鵝毛大雪，我一邊講課，一邊看著，有說不出的滋味！學期到了這階段，基本上所有重要理論部份均已完成。還剩下一週，課業便將結束，今回德國授課，由於完全以德語重新組織，過程艱辛之餘，自覺於很多理論問題上又有了新體會，心下好不愜意！今天一覺醒來，面書的記憶機制竟傳來三年前為緬懷先師蒲格勒教授 (Otto Pöggeler) 寫下的悼念文字，雖短短數語，卻字字肺腑。回想自小學以後，每一求學階段都曾得到良師的啟迪，這是我平生的一大幸運！德國寒窗苦讀五年間，問學之艱難，對於一己的有限才質，只覺仰之彌高，每積累一點一滴的知識，便已喜不自勝，當年做夢也沒有想過自己有生之年，能回到德國，一嚐此間執教的滋味，作為對惠我半生的德國學術傳統一點精神上的回饋！古人說：慎終若始。於此當兒，重讀三年前今日為老師所寫的悼文，能不感懷！

　　註：「半掩扉」用指今學期之課程除正式註冊的十位學生外，不斷有隨時加入者，其中一位「閒客」更改為正式註冊學生，

又日昨學期雖近尾聲，仍有一人經來信請求後飄然而至！頸聯及尾聯皆與這兩星期的課堂內容有關。學期首八星期均以理論為主，先後涵蓋 Saussure, Humboldt, Jakobson, Husserl, Merleau-Ponty, Benveniste 等理論與漢語漢字問題直接或間接的關係，到了這兩週才改以漢字字例切入（如論及牛、馬、言、音、意、歲、幾 [讀平聲]、仁、義、思、念、法、律、罡、是、在、存、才、有、哲、道……等字）。這次柏林講學的經驗，總體而言，開課前，由於德國學制現已變得頗為複雜，學生修課各有獨特的指定要求，而且，由於決定了要用已略嫌生疏的德語授課，故忐忑之餘，實不知能否妥善處理。但隨著每週盡其在我的講論，課程便漸變得愈益讓我享受。最後幾週，許多時刻自覺忘我的程度已與在港台授課的光景無異矣。當然，這或乃為學之我輩對師道回饋的一種方式吧。慎終若始，庶幾無愧！

附這學期於柏林自由大學之課程綱要（網載，出版從缺）。

感懷篇

03-08 惜花 (2018-03-16)

> 驚鴻一瞥別經年，淡掃胭脂格外妍；
> 細雨闌珊芳信杳，誰憐枝蔓早成煙！

　　去年春日於崇基學院池旁路側近牟路思怡圖書館處看到兩株桃花，其中一株枝葉較為茂密，花色也極盡濃艷。另一株卻明顯地纖弱多了，唯我獨愛這株桃花的淡雅怡人，欣賞之餘，還留下其「倩影」。事隔一年，近日到勞思光先生銅像憑弔後於雨中再度到桃株原址尋覓，然而芳蹤已杳。趨前細看，原來整株花已被齊根鋸掉！留下的只有一個椏杈狀的樹頭，和那份令人緬懷的緣份！想起少年時讀《紅樓夢》最讓我感動的幾首詩中有「紅消香斷有誰憐」句，遂成一絕以紀懷。

　　註：這首詩於 2018 年 10/11 月間被香港中文大學「書寫力量」計劃挑選於校園多處陳列。

書寫力量 The Power of Words

〈惜花〉關子尹（香港）

驚鴻一瞥別經年，淡掃胭脂格外妍；
細雨闌珊芳信杳，誰憐枝蔓早成煙！

（蒙作者允許抄寫，謹此致謝。）

03-09 周鼎湯盤記趣（2018-07-29）

韞匵藏諸三十年，名山夙願集群賢；

十年一劍談何易，藉勉同儔好著鞭！

今天 FB 自動送上多年前我於一幅拓本前拍的照片，所拓碑文是光緒老師翁同龢引黃庭堅句而得的一聯：「周鼎湯盤見科斗，深山大澤生龍蛇」。原碑的所在我本早已忘記，但經過在臺學生蕭美齡的細心查考，這張拓本的原石，原來在臺中梧棲的朝元宮。猶記得 36 年前（1986 年 1 月）首度訪臺翌日，即和東海大學的學生程進發、蔡瑞霖、陳盛和助教等數人到該處忙了一整天，這是我第一次和唯一一次嘗試拓碑的經驗！那天拿著宣紙、布墨、刷子等物，在凜冽寒風中騎在學生程進發的機車後座，在臺中大街小巷穿插飛馳的境況，猶歷歷在目！

至於翁同龢其人，我向來並不欣賞，但見其書法功力渾厚一至於此，卻又不得不另眼看待！真想不到當天拓下的這張拓片，被我收藏踰 30 年後竟能重見天日。機緣是我覺得「周鼎湯盤」四字與「漢語多功能字庫」以古文字為重點的工作很配合，把拓本置於人文電算研究中心中堂，對我們的助理不失為一種精神上的鼓勵！此外，這幅典雅的拓片一旦掛起，無疑已成為人文電算研究中心的標記。近年不少學者蒞中心訪問以了解字庫之製作後，都會在拓片下留影！

記憶中除這張翁同龢拓片外，當年還拓有王守仁及鄭板橋的兩幅對聯，去年分別送給王順然和區凱琳兩位舊生。

照片中為參與字庫計劃的多位助理：梁月娥、陳欣茹、許
明德、徐宇航、李寶珊

03-10 暴風山竹將至登高賦懷（2018-09-15）

> 雲天遠近翳千重，水靜遊禽絕影蹤。
> 域外魔君排闥至，虐風凌雨勢凶凶。

這兩天超級颱風山竹雖千里之遙，卻挾雷霆萬鈞之勢擺駕香江，害得全城震動！由於不足兩星期便將赴臺講學，我們今天一早，特驅車到兒子墓前看望。可能颱風將至而未至的原故，氣溫高達 35 度，我們立於高崗，完全沒有平時的清爽，只感四下瀰漫著一種無形的凝重和壓迫，細聽之下，竟沒聽出半點風聲；極目海面，只見水不揚波。整個天地，竟出奇的靜寂，連平時山頭出沒的野狗，或慣於天際翱翔的蒼鷹，也消聲匿跡，莫非都已知風雨將至而早便逃遁遠颺？我心中想起歌德詩《魔君》(*Erlkönig*) 的悲壯情境，心中無限感傷。但願山竹明天對香港、對南中國高抬貴手！

註：後來證明「山竹」是香港數十年來威力最強大的颱風，對香港許多設施造成了史無前例的破壞。

我心歸隱處

03-11 平溪之貓 (2018-10-27)

> 勞生大夢幾浮沉，世態塵情諱莫深。
> 但得狸奴能解意，相知何必辨人禽！

日前一位學生問我如何能讓貓兒都愛與我親近，我無言以對。今日反思，此實無他。人之與動物，其實都有一尋求友聲的熱切的需求。我每見貓兒，不期然而流露的善意，或許也立即為貓兒所感通吧，只此而已。想起李白《春日醉起言志》首聯之詩境，比對貓兒當下之可親，慨然有感，乃成一絕！

我心歸隱處

03-12 講課即事（2019-01-31）

> 青衫司馬踱幽關，指點凌虛語默間。
> 地北天南嘗幾度，問渠還剩幾分閒。

今年開講從未教過的課程「後期海德格」，這星期進入第四講。由於講得盡興，天南地北侃侃而談，3 小時的課堂，猶如白駒過隙。當講完一個關鍵段落，暗道更精妙處還在後頭……霎時瞥見腕錶分針正指向轉堂的 15 分位置。我自忖度，才講了不太久，應該未屆下課的時候吧！狐疑中，我竟然向同學們問道：「是否還有一個小時？」結果引來哄堂大笑！

今日回想，這大抵是我教習生涯最滑稽的一幕，姑誌之以一絕，聊以自嘲，更以為戒！

註：「青衫司馬」借指余之一介閒人。「幽關」借指海德格晚後「謎」一般的玄思對學者而言，無異於一度深邃的關隘。又課程內容現已吸納於拙著《徘徊於天人之際——海德格的哲學思路》（臺北：聯經出版社，2021 年 7 月）書中。

03-13 無題，亦名「春郊試馬」(2019-02-28)

　　亂世癲狂醉眼前，春郊試馬且悠然。
　　今朝懶問興亡事，覓我童心六十年。

　　今天春意盎然，剛好 FB 送來三年前騎新買的腳踏車出行時無事自編的戲作「春郊試馬」，想起世事愈趨荒唐，乃成一絕紀懷！

　　註：末句當然是取自龔定盦的「覓我童心十六年」，只今我得把「十六」改為「六十」矣！

03-14 過訪新亞故園 (2019-05-11)

芝蘭其室曰誠明，數十春秋苦為營。

傳道立言還立教，執中惟一並惟精。

偶聞今日菁莪誦，疑是當年木鐸聲。

講席孤懷猶念記，明夷剝復證艱貞。

　　昨天應邀到九龍農圃道新亞研究所演講，來聽講者可有五十眾。很慶幸藉此機緣，得以重訪闊別足有 45 年的新亞故園。演講後承古琴名家的劉楚華所長邀請，到該所古色古香的辦公室品茗。辦公室主牆的吳道子「先師孔子行教像」及朱熹對聯連橫批，原來是以臺北素書樓錢穆故居之擺設為藍本。此外室中的一桌一椅，似都還留有新亞先賢的記憶。與所長作別後，又獲研究所發展主任黎敬嫻女士帶領，參觀了新亞其他設施。首先是舊新亞當年的主要講室「誠明堂」。甫一踏足該室，即鈎起了 45 年前曾有兩個暑假在此旁聽牟宗三先生佛學講座的情景，記得每次往聽，我都「靠邊」坐在最左側第一個位置，側身聽夫子款款論道！「身如陌上狂風過」，真想不到這樣便已近五十寒暑！於誠明堂懷舊完畢，還意外地獲邀參觀新亞研究所的書庫，包括其中的牟宗三紀念室和唐君毅特藏室，當然更滿是懷念。最後，還和幾位員生到新亞圓亭拍照留念。記得當年就因為於此地和牟宗三先生下過幾局圍棋，乃得以稍稍親炙，並因而多番到先生靠背壟道寓所拜會請益。至於許多年後我於東海大學任教期間，幾次到臺北演講畢，都到牟先生臺北寓「手談」，則屬後話矣！總而言之，

我雖非新亞人，卻極珍惜這一絲絲的新亞緣……

03-15 傷時 (2019-06-29，Edmonton)

布衣才過奈何橋，

驚慟雲英墮九霄。

儘是山窮水絕處，

傷心弦管忍輕調！

始終認為，無論處境如何不堪，輕生都不應是人生的選項！

03-16 無題 (2020-08-07)

造化由來孕虎狼，世間何苦競癲狂。
劇憐四海天涯客，每共圍爐悼梓桑！

見十年前面書所記，想起今天之亂世，普天之下，四海之濱，多少角落滿地硝煙，多少家庭生死兩難，多少遺民流離顛沛，朝兢夕惕，念之令人神傷！

註：梓桑即「桑梓」，語出《詩經·小旻之什·小弁》：「維桑與梓、必恭敬止。」後世每用之以喻鄉土。

03-17 即事感懷 (2020-08-27)

弄舌雌黃事可欷，
一言邪佞意乖違。
是非眾口豈容嗦，
此乃乾坤治亂機。

註：今天聽罷新聞，為之氣結，且為一絕，稍洩膈臆！

03-18 新亞之貓 (2020-11-11)

塵慮日銷磨，貓朋不厭多！

閒來相慰問，旦復將如何？

　　每次到新亞書院吃完麵，按例都要到「天人合一亭」和「知行樓」外視察一番。前者臨高眺遠，鳥語花香，號稱中大第二景（金耀基校長語，意謂「第一景」將從此缺如），我通常會帶一篇文章或一些課堂材料，在亭畔的樹蔭下看完、想透才下山。下山前亦例必走到知行樓外的荒地，探望那裡長駐的幾隻貓兒。學生們常戲說我有「吸貓」的功能，舍弟子鴻更常說我是 cat whisperer, 這些嘉獎，我卻之不恭，不信有圖為證。

03-19 白鷺吟 (2020-11-14)

白鷺據垣牆，孤高凜若霜。
苟存斯渾世，誰復訴衷腸。

註：昨日驅車過沙田沙燕橋頭，見此鳥盤桓於橋上，意態蒼涼。昔者賈誼見鵩鳥入室而發憂思，余雖不敏，當此亂世，發於有感，亦成詩一首紀懷。相片乃從行車的倒後鏡中攝得者，雖欠清晰，但藉此光影得留下心跡，更顯難得。

03-20 冬日 (2020-12-25)

年復訪幽灣，臨高眺遠山。

我心歸隱處，天際水雲間。

03-21 七十感懷（2021-04-25）

> 惱亂紛紛歷眼前，浮生一瞬竟忘年。
> 修身但教心無礙，閱世常懷物不遷。
> 几硯摻扶如玉暖，荊釵恩愛比金堅。
> 江州霧鎖言難盡，且寄湯盤又日篇。

　　昨晚有幸能相約在臺幾位朋友和學生陪我預祝今天的七十歲生日。在滔滔亂世中，這無疑已是一種奢侈！於此，要感謝友生們的關愛賞面。當然，能有這般的安排，少不了女兒的巧心。

　　飯後，作別了要驅車趕回桃園的瑞全兄一家，幾個學生還回到我們於清大客寓家中淺酌！三分酒意，讓多月以來鬱悶的心境稍得宣洩！言談中，我提到清大講課時有一份前所未有的體驗：就是發覺自己儘管心情再壞，但一旦登上講壇，便精神亢奮得如啖鴉片。此無他，只因當你發覺你熟悉的社會裡，理性已完全失去效用和不受到尊重的時候，能有機會在異地據理向莘莘學子細說從頭，是如何難得！

　　我雖今日才「七秩榮開」，但就心境而言，其實早已是一閒人，對世事亦早已看得澹泊，這當然和多年前愛兒之殤有關，後來幸得夫妻間的相濡以沫，女兒的乖巧孝順，和一眾友儕和學生的精神支撐，才能較「像樣地」活到今天。今我以七十之齡，以後是活一天算賺一天。今後於工作上，只能量力而為，如能多出版一兩本早應完成的書稿，於願足矣！反而我最惦記的，總還是較我年輕的和更年輕的青年朋友，尤其是，整個世情已變得翻天

　　　　　　　　　　　　　　　感懷篇

覆地，他們今後的生活，將是舉步維艱……

　　謹以盤銘：「苟日新、日日新、又日新」語，寄予海內同儕，唯望江山代出才人，終能撥開陰霾，為一理想的未來開出新局！

　　又記：這兩天看到清大慶祝 110 年校慶，才發現原來我和清華大學是在同一天慶生的！

第 4 章

唱酬篇

04-01 丁酉初二日據思光師戊辰除夕詩步韻並贈諸助理
   (2017-02-06)

鎮夜沉吟別寄情，青燈伴讀過三更；

瑾瑜輔弼矜前路，卷帙兼研續遠征。

歲月有涯催髮白，字書何日累篇成？

但求得遂移山志，哪計浮生濁世名！

平生一大憾事，是未能於思光師在世時向他學詩。近月對格律之事稍加涉獵，乃更能欣賞先師詩草中的懷抱。王船山說得好：「詩者，幽明之際者也！」近月再誦《思光詩選》，屢思借「步韻」的方式，以跨越幽明之阻隔，俾再親炙於先師之胸懷！

上詩所唱和之原作可見先生手書的墨寶。

猶記得這牋牘的來由，是先生 1988/89 年間忽然駕臨寒舍，即席揮毫以見贈者。該詩題於戊辰除夕，但查《思光詩選》及《勞思光韋齋詩存述解新編》繫於戊辰年之作品皆未見收錄，若然如此，此墨跡所寄懷者，豈非先生失載之遺珠！其實那些年頭，先生詩作甚少，或因詩興偶發，而成詩之際剛路經寒舍，乃因方便而見惠，但此外並再無留下詩稿……此詩我一直默記於胸臆，竟未及時察知其乃失載之作，遂失交予在台負責編註同門收錄之良機，此吾之過也！

先生詩「桃花餞歲從南俗，詩草傷時類北征」這一頷聯，對仗簡直妙到巔毫，要步其韻，可真不易！有謂「古來步韻無好詩」，這話我深有同感，但今年春節再次按勞詩步韻，總或能彌

補當年遺憾於一二！

　　至於拙詩所詠者，當指「漢語多功能字庫」耕耘之不易，此亦尾聯「（愚公）移山」二字之所指也！瑾瑜乃指歷來參與字庫計劃諸助理，遠征指字庫計劃之或仍將繼續！

　　附先生原詩

　　每對佳辰倦客情，屠蘇不醉坐深更；

　　桃枝餞歲從南俗，詩草傷時類北征。

　　幼女久談知別近，諸生初達待功成；

　　自嘲縛虎擒龍手，誤得經師末世名。

　　下署戊辰除夕書感　韋齋

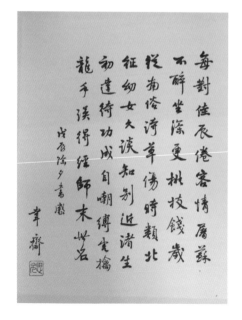

04-02 思光師銅像落成有感 兼按煒舜兄前詩和韻 (2017-05-30)

生員此日效雕楷，欲紀先師號韋齋。
音律浮沉唯物理，幽明動靜盡詩階。
爾今永夜聊觀化，我復從天乞活埋。
秋雨春風毋再論，未圓湖畔遣悲懷！

註：「雕楷」指子貢於孔子去後以南方運來之楷木雕刻老師及師母塑像作為紀念的故事。「韋」按平水韻及《廣韻》本應屬五微韻平聲，今按粵俗異讀陽上作仄聲。又「詩階」一語出自中大中文系陳煒舜君（下詳），而頷聯是描寫一年來戰戰兢兢地自學詩律，俾從中紓發幽明動靜之經歷。有謂「大哉死乎！君子息焉」，頸聯「爾」字出句當指老師得享安息。對句「我復從天乞活埋」改自王夫之「我今從天乞活埋」。該句船山先生曾另有對聯作「六經責我開生面，七尺從天乞活埋」。此語道盡我目下心跡，就是但求竭力完成「漢語多功能字庫」之計劃後，將浪跡天涯，繼續當我的閒雲野鶴去也。尾聯承上繼續自況！

過去一年，為了責成自己學詩，一直是閉門造車。從未有與友儕唱和之機會。只偶把新作載於面書上求教於方家。唯當勞思光先生像贊擬就後，由於茲事體大，乃約晤中大中文系章黃門下的馮勝利兄及詩才出眾的陳煒舜兄以示，並獲二兄對贊文肯定有加，於此先再致謝。陳兄後寄來贈詩一首，當時銅像事尚未為世

所知曉，故未即覆，今銅像既已揭幕，特成七律一首和其韻，以酬雅意。

　　附：陳煒舜君：餐聚奉贈關子尹教授 (2017-03-20)

　　江河汗漫話韋齋。知愧無涯生有涯。
　　玄想幾何推物理，赤誠一段是詩階。
　　春分猶覺新堪炫，歲長方語舊可懷。
　　綵筆更期鴻譯出，鏗然應共楚騷諧。

04-03 步韻答陳煒舜君 (2017-07-12)

立命安身豈別求，十年一劍費籌謀；
兀然中夜常開卷，老罷餘生任載舟。
莊氏詬言「吾喪我」，杜康神物共忘憂；
且今跌宕江湖去，嶺外長風幾度秋。

附煒舜君原詩：
大化縱身安所求。未甘營役稻粱謀。
三更乃念長明火，四海堪隨不繫舟。
法外無心因喪我，世間何物可消憂。
勸君再進琉璃盞，獨逸當分鴻影秋。
＊獨逸，日文 Deutsch 之對音。

04-04 遠行有寄，兼步韻答彭雅玲君 (2017-08-31)

歲月蒼茫日影移，乾坤至理可容知？
一絲不掛唯悲願，客寄天涯繫遠思！

這回到德國柏林將逗留足四個月，期間雖偶有行腳，但主要將於柏林自由大學開一門課。這個安排，首先是出於柏林同事的盛情，但對我而言，其實有點自找苦吃，因課業雖頗熟習，但所有教材要以德語重新準備，而且慣用的經典全不在身旁，所以相信會很吃力。我之所以接納這邀請，首先是有感於自己出身於德國，能有機會以這種方式回饋，誠一美事也；其次，這樣安排，其實也是某一意義的「自我放逐」，讓自己遠離一下半生營役，雖還甚熱愛，但已讓人傷感的環境……不過我明年一月便將回來，並會全力完成我仍然心之所繫的「漢語多功能字庫」計劃，以了卻多年心願。

月前師妹彭雅玲女史贈余七絕一首，一直未回，有謂「去遠留詩別」，謹借酬答師妹之便，成七絕一首，向香港友人道別。

附彭雅玲：送子尹兄講學柏林
君行萬里道西移，涵泳從容翰苑知；
學理開宣無盡意，明心直照證師思。

04-05 庚子秋暮據吉雄兄舊作步韻 (2020-11-27)

日邊清夢斷，苦雨奈今何！
歲月風光遠，乾坤魍魎多。
群情唬語默，百計恨蹉跎。
望盡天涯路，孤鴻嶺上過。

　　吉雄兄原詩首句取自秦少游詞《千秋歲》，今次韻其作亦當步其「後塵」，借秦少游同句以起首也。吉雄兄詩寫的是兩年前游富春江的閒情，兩年後的今天當然已是另一番光景！以下附吉雄兄原作：

日邊清夢斷，江客意如何？
翠色依春近，浮雲向晚多。
旅魂仍惴慄，逝者已蹉跎！
極目扁舟路，蕭蕭雁影過。

04-06 次韻余英時勞思光二師 1972 年舊唱（2021-08-05）

太息乾坤盡劫灰，名師餘鐸嘆空迴。

人間道路凡千嶂，詩昧情懷乍一隈。

曾共黌宮誠正願，更期叔世棟梁材。

桑榆向晚時年急，殘快商量費別裁。

今晨傳來余英時先生捐館的消息，聞之悵然終日。余先生著述等身、桃李天下，今其大去，杏壇興悲。我與余先生緣薄，未有多親炙的機緣，然哲人其萎，多年前與先生的幾次交集，瞬即躍然猶如在目，今僅述其一。

事緣 1972 年初，我獲美國 APSL 計劃邀請，參加於美國多地多校共 70 天的旅程，其中包括哈佛大學一星期之訪問。出發前，先師勞思光先生知我要到哈佛，即叮囑我一定要拜訪余英時教授，並傳達問候。結果我在哈佛的幾天，除了團隊行程，特抽空找到余先生在哈佛的課堂聽講，記憶中講課內容正是日後「士與中國文化」相關課題！聽課完畢，我還追隨到他的辦公室，傾談了一小時。余先生與師光師素稔，得知我於其門下研讀康德，乃倍顯親切。他詢及我當時也正在研究郁達夫的舊文學傳承，曾不吝指正，還和我談起龔定盦的《己亥雜詩》，更推薦王佩諍校訂本等。不過這一席話，卻是我唯一能濫竽親炙大師教導的緣份了。

1972 年對於余先生來說，實有特別意義。因為他大概這一年或更早已得知將要應邀返回母校新亞書院當院長，這一點我行前亦已有所聞。余先生重返新亞，也同時是履行了「十八年前的承

諾」。他這個安排抵定後，余先生在哈佛的老師楊聯陞（蓮生）教授曾贈詩勉勵，其中有「楚材自是堪梁棟，起鳳騰蛟到海隅」句。余先生遂賦七律一首明志話別。那我何以得知此事？是因為余先生把這首七律的詩稿寄贈思光先師，先師並因而有《英時寄近作步韻報之》之作，而我因曾協助先師移居，余先生寄贈的詩稿，竟然於先師的雜物堆中意外地被我保留下來。今兩位先生均已先後作古，想起前事種種，特沐手續作步韻七律一首，以表緬懷！

附錄一：〈癸丑夏將行役香江蓮生師贈詩有楚材自是堪梁棟起鳳騰蛟到海隅之句，愧無以當謹答七律一首明志即以呈別〉余英時未是草

> 火鳳難燃劫後灰，僑居鸚鵡幾盤迴。
> 已甘寂寞依山鎮，又逐喧嘩向海隈。
> 小草披離無遠志，細枝拳曲是遺材。
> 平生負盡名師教，欲著新書絹未裁。

附錄二：〈英時寄近作步韻報之〉 勞思光

> 人間誰許撥寒灰，逼眼滄桑更幾迴？
> 車過山川皆客路，心安朝市等林隈。
> 久疑配命關多福，翻悟全生貴不材。
> 風雨滿天懷舊切，殷勤尺素手親裁。

註：余先生答楊聯陞的詩後來引見《余英時回憶錄》，唯用字稍有出入。先師勞先生詩作後載於《思光詩選》頁91及《勞思光韋齋詩述解新編》頁298（編號154）。二師之唱酬關鍵

盡在首聯：余先生「火鳳……鸚鵡」典出劉義慶的《宣驗記》及周亮工《因樹屋書影》卷二等籍引述的佛經故事。指有鸚鵡不忍同類而盡微力以翅膀沾水救火之典。而此典亦乃後來余先生應董橋「中國情懷」專輯之邀而寫出〈嘗僑居是山，不忍見耳〉一文之所本。勞師首聯即借此「推許」余先生或克讓已死如寒灰（死灰）的人心復燃……。二詩之唱酬迄今已近半世紀了，環顧當今世局，拙作首聯只能拊髀興嘆。

拙作上載於面書後，吾友鄭吉雄兄見之即有回響，其中續有步韻一首，誠美事也。謹錄其詩於後：

奉讀關子尹教授詩集《我心歸隱處》，至《次韻余英時勞思光二師 972 年舊唱》，一時有感，響應子尹兄所為，步韻（灰）七律如下。東坡詩：「且同月下三人影，聊豁天涯萬里心。」

劫餘魯殿已無灰，滄海人間又幾迴。
逆旅尋常傷瘴癘，潛龍往復問山隈。
寂寥陶澤歸桑梓，憔悴鍾儀失楚材。
日暮鄉關唯入夢，東西南北費量裁。

＊末句略取禮記檀弓東西南北人句意

笑此友情特設看江邊先師贈詩有楚村前是恨源

標起鳳鷹峽到海陽之句憶與以當讀右七律一首明

志卯以筆別　　茉時未之軍

尖鳳雞炊叙後秦僑居鸚鵡戟聲迴己

寸廬栗依山鎮玉逅喧嘩何海隈小草

披搁無遠志細樹摹曲是遺材平生

負壺名師教欲著新書娟未裁

第 5 章

寄贈篇

05-01 學期將盡與生員酣聚紓懷 (2017-04-22)

天地寄蜉蝣，人如不繫舟；
友聲殊稱意，同氣自相求。
樽酌藏神物，觥籌映道周；
與君今夕醉，契闊但忘憂。

註：本詩靈感得自《詩經 · 小雅 · 鹿鳴之什 · 伐木》：「嚶
其鳴矣，求其友聲！」「道周」指「路旁」；杜甫《後出塞 ·
之一》：「閭里送我行，親戚擁道周。」

寄贈篇

05-02 與同仁城中暢聚傾談竟夕百感交雜乃遵囑草成一律
（2017-08-22）

北風日月早非賒，廿載同誼別酒家。

清冽瓊漿供契闊，艱難囊宇付吁嗟。

相期亢軛情堪記，每復掄才願可誇。

今夕共君浮一白，長歌此去伴昏鴉。

註：「北風」指北地風光，「賒」指遠也，一週後即赴德國柏林鉤留至於深冬，故語。「誼」當按粵俗讀平聲。「香冽」語出歐陽永叔《醉翁亭記》：「釀泉為酒，泉香而酒冽」。竟夕喝的日本清酒之醇厚，想不讓於永叔之詩筆！今用「清冽」，是使與出句「艱難」對仗。「艱難囊宇」概指今日大學教育之重重內外掣肘與煎熬，其中不乏可資談論慨歎者。「亢軛」語出屈原《卜居》：「寧與騏驥亢軛乎」，以指多年來與哲學系諸同仁協力同心於教學的情誼。「掄才」或「掄材」指選拔人才也，有謂「得天下之英才而教育之」乃屬君子之樂，「願可誇」即寫對學生寄望之殷切！

05-03 憶往－區凱琳《於空間之間》(2017-08-31)

　　一書獨伴夜茫茫，故舊情懷自有光；
　　畫裡初心猶耿耿，迴思世道喜相忘。

　　許多年來，斷斷續續地看過香港藝術家區凱琳 (Helen AU Hoi Lam) 的不少展覽，和她印製的藝術小冊。深深感受到她不斷發掘新的創作意念和對藝術主題全情表達的真誠。較早前，她的作品接近 Maximalism，但近年似乎已把她 maximalist 的細工熔鑄為某一意義的生活藝術，就是用一些日常生活中最簡單不過的事物，藉著別出心裁的藝術處理，帶出記憶、思念、反省，乃至情感的釋放。用詩的比喻，就是即「物」起「興」，以顯出創作者的「溫柔敦厚」！

　　繼幾年前的《區凱琳：爸爸出海去》展覽，凱琳今年再創新猷，於年中於瑞士 Oberengadin 深山一個聯展中參與了《於空間之間》(Interval in Space) 的展出。這展覽的將於今年十二月中開始於香港展出。據我所知，凱琳兩件展品中之一件標題很長：

　　「AU Hoi Lam Entangling and Getting Lost in an Isolated System of Persistence/Obsession (The Possibility of Rewriting the Story) 2016-2017 Dictionaries and Mixed Media Dimension variable 區凱琳 糾纏迷失在孤立的執迷系統（重寫故事之可能）2016-2017 字典及混合媒介 尺寸可變」

為了準備這展覽，凱琳曾向我借了一本於我家早已束諸高閣的字典。後來還給我命題，要我於她選定的 475 個漢字中自由創作。出於對她的支持，和對她的勉勵，我乃於今夏自香港赴歐的航機上，在這有限的時間和有限的用字空間中，譜成七絕一首如上引，這對我來說也是非常有趣和富於挑戰的嘗試。至於整個展品的意含，便要各位親自去瞭解了，於此預祝凱琳展出成功！

寄贈篇

05-04 2018 元旦與友聚於高樓有感（2018-01-01）

賦歸萬里擲盤囊，元日同儕聚一堂；
草木蟲魚皆佛性，漁樵耕讀任行藏。
歲增體健維心願，國榷家齊賴眾康；
久別孤懷虛客席，喜傳新著好傾觴！

　　去歲除夕自柏林啟程，假道阿姆斯特丹於今年元旦返抵香港。行囊未解，即赴友儕之約。我們這一眾友人，雖各有專業，卻都能惺惺相惜。眾人對內子近日於匈牙利機場跌傷事，多所垂詢，固不待言，又論及近日一些親近的健康問題。大家都意識到，我們這一眾五十後銀髮族，今後端的要勤多鍛煉，並努力加餐，才能好好的面對未來的歲月。這次聚會，大家分享了好友李榮添新出版的《希臘之歷史行腳—黑格爾歷史哲學述析》一書。榮添近年抱恙，老友聚會不一定出席，但大家心中總在惦記，其新書問世，大家都為他高興，並把盞祝賀！元旦翌日，由於時差，6時醒來後，緩跑 8 公里，途中乃譜成一律！

05-05 山中訪友（2018-03011）

> 春寒訪友入深山，修阪廻穿渺靄間；
> 念念幽明焉有悔，年年哀樂獨何慳。
> 平生順逆隨方便，向晚陰晴視等閒；
> 執手共謀今日醉，曲終薄暮儻知還。

　　昨天約好兆奉兄嫂再到競璇兄位於大老山深處的山居相聚。由於早便打算安步前往，故是日雖然天雨，而且氣溫驟降，亦決定依計行事。自大老山隧道口起計，腳程雖只 50 分鐘，但路段極為陡峭，而且彷如與世隔絕，走起來對身和心都是一種鍛練。我們在雷寓盤桓竟日，談到前事種種。雷兄提及近日整理妻子愛玲遺物時之心境，聞之令人動容。其中不乏既極溫馨，卻又極盡淒美的生命片段，都因撿拾出來的事物得以重新被縫綴起來。這些動人的故事，就讓大家等待競璇兄他日成書與眾分享吧！六時打後，兆奉兄嫂得乘最後村巴撤退。我則仍留下淺酌，才於夜幕低垂之前原路下山回家。

　　昨日所得之詩草，本來是一七絕，唯讀之意緒似有未盡之處，深宵重讀舊作〈死亡的意義──論生死之間與幽明之際〉一文後，乃據原詩稍鍊，並補上頷聯及頸聯而成一律，或更足紀懷！

05-06 戊戌暮春與友共聚 (2018-04-06)

莫嗟華髮座中看，驛馬頻仍未解鞍；
難得良朋今夕聚，挈來好酒與君乾。

昨日是大學好友例聚。同儕中有剛自加國回港的炳康夫婦，有剛外遊返港的靜儀，有明天首途日本的巴氏伉儷，和稍後出發的祥卿，或日內即將聯袂遠遊豫北晉南的許氏師兄妹、國華、師傅和我本人。人生如大夢，數十年好友能借此刻歡聚，並杯酒言歡竟夕，何其快哉！姑譜七絕一首以紀其盛。

05-07 課後與學生閒聚戲作 (2018-05-03)

> 向慚才薄盼專精，每遇生員重晚晴；
> 猶記歸真反樸習，今宵留別語群英。

　　昨晚為兼讀碩士學生補課，特別講了「哲學教室中圖像之運用」一題目。這課題我構思已踰十年，但除數年前為皇仁書院同學試講過一回外，今次是第一次在哲學講堂上演繹。兩個多小時內，分別以圖片、影片、扉頁、地圖、貨幣、歷史文件、古文字、乃至實物為媒介，天南地北地論述了許多有趣而且重要的議題。如「死亡」與「公私」之概念，如希臘哲學柏拉圖與亞里斯多德學說之大別，如拉菲爾於梵諦岡 La Stanza della Segnatura 中《雅典學園》(School of Athens) 與「聖禮的爭辯」(Disputation of the Holy Sacrament) 兩幅壁畫的微妙關係，如伊斯蘭文明作為古希臘文明之「代母」，如聖湯馬斯與西格爾 (Siger of Brabant) 於同一天空下的迴殊際遇，如奧古斯丁與基督教教條的奠定，如異見者乃至殉道者如 Pelagius, Jan Hus, Giordano Bruno, Spinoza 等之悲劇命運，如洛克與英國的光榮革命，如柏克萊 *Querist* 書中罕為人知的經濟濟世理論，如康德論哲學與數學對象之大別，乃至如佛家二諦理論等。難得學生始終保持高度專注。課後由於時間不早，本欲匆匆解散，但當部分學生已離開後，有學生提出要合照留念，結果所得相片之人數實較真實學生人數為少，殊屬可惜。

　　其後幾位意猶未盡的學生邀約往喝啤酒。眾多話題中，我被問及喜歡看哪些電影或片集。我回答說我一向看電影不多，但看

了好的電影卻可深為所動！最極端的經驗，是一次深宵意外地看了據日本遠藤周作原著拍攝的《深河》(Deep River) 後，感動得於早上四時半把太太叫醒講述劇情……

此外，我著學生們猜測我平生最愛看的是哪一套片集，學生們把 *House, The Mentalist* (此二者我其實甚為欣賞)，甚至 *Prison Break, Downton Abbey* 等十多個片集臚列出來，都遭我否定了。擾攘良久，我提示大家應往相反的方向設想，最後終於有人猜是「憨豆先生」(Mr. Bean) 這套我著實也非常喜歡的片集。我回應說：「差不多了」。到了這關口，一位女學生打趣曰：「不會是 *Teletubbies* 吧！！」居然被她猜對了——正就是 *Teletubbies* (港譯「天線得得 B」)。我一旦證實，四座聞之大驚，但頃刻之間都似全明白過來。事實上，曾經有兩個年頭，當時我們仍住中大宿舍，午間回家吃過飯，正值這節目播放之時，我例必乖乖坐定，把 15 分鐘節目看完才再回校工作。*Teletubbies* 本以尚未學行的嬰孩 (toddlers) 為對象，我所以情有獨鍾，並養成習慣，就是愛其簡單到了極限，每天午後「順其自然」地看個十五分鐘，得到的是世上最純粹的愉悅，讓我精神為之蕩滌。可惜兩年後，不知何故，節目中止了。我曾想過找片子來看，但覺得這樣稍嫌「作意」，終於便隨緣作罷。不過，此後於混混濁世裡，每逢繁事喧鬧中，我都會借 *Teletubbies* 法眼一用，事情便頓覺得簡單許多！

註：「重晚晴」語借自李商隱句固然！「歸真反璞習」指的當然是當年愛看 *Teletubbies* 這個習慣，一笑！

05-08 陳天機教授九十華誕晚宴壽聯 (2018-11-05)

鶴壽算籌登九秩

天真機杼化三千

　　昨晚是我們敬重的陳天機教授九秩榮登的盛會。早在數週前，籌委會成員蔡太已來電委託我要為宴會的嘉賓留名冊草擬題辭！我得知當晚台幔將會綴有「天道生機九秩宴」一橫額後，靈感頓生，於是參考了張雙慶教授建議橫額的嵌字格，譜成上述對聯，為陳教授祝壽。委員會還委託我要為嘉賓們解釋其中含意：

　　「鶴壽添籌」或「海屋添籌」是常用祝壽賀辭。其中的「添籌」典出蘇軾《東坡志林‧卷二》「三老語」。三個壽星中有謂：「海水變桑田時，吾輒下一籌，邇來吾籌已滿十間屋」。鶴之長壽固然，為了對仗的工整，我把「添籌」改為「算籌」，「登九秩」就是達到了九十之數。

　　下句中的「天真機杼」，原出自宋應星《天工開物》中的「天孫機杼」。由於「天孫」指寶婺星，一般用於女壽；陳教授乃乾造，我遂改之為「天真」！天真二字，是陳教授人品可愛可親的最好寫照！孔子《論語‧雍也》：「知者樂水，仁者樂山；知者動，仁者靜；知者樂，仁者壽。」我認為「天真」也可視作「仁」的一個重要表徵。所謂天真，就是胸懷坦蕩，永葆童心，處處以真誠待人……而這就是我們認識的陳教授無疑！

　　「機杼」本指織布機的織梭等部件，後借指學者胸臆中之經緯。陳教授除早年於電算上的著述和專利外，還著有《系統視野

與宇宙人生》、《大自然與文化》、《天問》、《天羅地網：科學與人文的探索》、《學海湧泉》等書，其滿腹經綸可見。「化三千」出自蒙學字帖，指當年孔子育人無數，今指陳教授在中大多年，除了電算系的學生外，後來更因通識課程的參與，作育了一代又一代的學子，三千之數，想不為過。上、下聯合起來，即指壽星的年歲達到了九十耄齡，他天真仁厚的稟賦及滿腹的文經理緯作育了無數學子。

完成了壽聯，本來以為 mission accomplished! 忽然又接到蔡太的指示，要我於卷軸上以毛筆把題辭寫出來！這可真把我嚇壞了，事緣我自小學以來從未認真練習過書法，近數十年更只操鍵盤寫作！真是「書（法）到用時方恨懶」。由於事急無由申辯，乃硬着頭皮在緊逼的時間內苦練了一陣，以為略有把握，最後還喝了幾口老酒壯膽。但真正到了寫卷軸時，手卻一直在抖……唯望壽星多多包涵。經此一事，以後真的要好好練字了。

最後要講講卷軸題辭中的一個大字「壽」。這壽字的造型實參考了吳昌碩。我差一點要按學術規範在卷軸下寫個 footnote，幸好沒真寫，今特此聲明，盼別說我剽竊是幸。

昨晚在籌委會策動下，大家和陳教授度過了歡愉的晚上，我和內子、小女有幸參與其中，於此再祝願壽星福如東海、壽比南山！

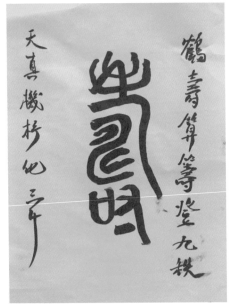

Error

05-09 秋思 A friendship of more than 50 years (2018-11-16)

春華秋實去如梭，五十同窗剩幾何；
今夕共君來剪燭，青衫紅袖寄陽阿。

昨日講課至黃昏六時，與妻趕赴淡水，為的是與來臺只幾天的朋友晤面，Margaret 是妻子 50 多年前的中學同學，已闊別多年。我們會面的地點很特別，是淡水的法蒂瑪天主教堂。我們得一學生驅車之助，終還來得及參加了一段晚間彌撒。我不是教徒，但也藉此機緣，為前天剛離世的好友沈清松，當然還有為同是天主教徒的亡兒祝禱，並獻上蠟燭，願逝者安息。其後我們還和朋友及她近九旬的母親，還有曾神父一起到附近一火鍋店用晚餐，並敘契闊。飯後神父還帶我們看了淡水的名勝，長老會馬偕醫館舊址。很難忘的一個晚上，但願人長久！

今日清晨與妻於政大附近漫溯，想起前晚與好友 Margaret 難得的暢聚，談起數十年故舊相知，有感於中，又得一絕。

註：《陽阿》古曲名，末句用意借自南朝宋人謝莊《月賦》中「惆悵陽阿」句。

05-10 前緣 (2019-01-26)

老樹濃陰舊枳關，和風薰草破君顏。

浮生若寄緣何事，回首滄桑杳冥間。

昨天風和日麗，太太約晤了蔡寶瓊、孔慧怡兩位舊友，地點是大埔舊警署活化改建的素食餐廳「慧食堂」，因愛此地之清幽。吃過便餐，逛過了其側的一小方草藥園，便在樹下盤桓話舊⋯⋯我心中念記的，是兩位女士之於我們，都是生命中雪中送炭的摯友。闊別經年，難得小聚！但願人長久！

05-11 謝生成婚見贈 (2018-02-23)

青松邂逅意縈牽，勞燕翩翩十數年。
王氏曉彤思淑世，謝君昭銳志通玄。
東西日月焉能隔，遠近江山願比肩。
今夕同諧白首約，連枝接萼證情緣。

今天是謝昭銳君與王曉彤女士的婚期。昭銳前年方才於德國慕尼黑大學完成了博士學位，去年即於臺灣的國立政治大學哲學系取得教席。新娘子是他的中學同窗，現為澳洲護士經理。二人相識於香港道教聯合會青松中學，今日終於結束了長達十四年聚少離多的愛情長跑。愚夫婦參加他們的婚宴，感受良多，特口占一律，送上祝福。

05-12 賀仁厚師兄德英師姊九秩雙壽 (2019-04-06, 己亥暮春吉日)

自古名山出碩師，棲霞餘緒繼何辭！
成章錦翰傳遐邇，化雨春風念在茲。
孔孟荀卿齊內外，伊川明道判參差。
經權動靜推常變，願寄鵝湖眾力持。

將門鯤島育青衿，堂上椿萱雨露深。
仁道厚加無別志，維天浩蕩有清音。
春秋國語思常寄，時雨薰風事可尋。
晚步驚鴻遮莫笑，丹青妙筆寫蘭心。

　　蔡老師仁厚教授乃臺中大度山上東海大學哲學系名宿，現為該系榮譽教授，去歲剛於山東曲阜第八屆世界儒學大會獲評「2017年度世界儒學研究傑出人物」獎，其望重士林可見。我於1982-85年間任教於東海時，蔡老師便是系中最資深，並最得學生敬重的同人。當年我自德國學成後到臺履新未幾，於教務上多獲蔡老師提點。有謂珠玉在前，蔡老師於教學研究上的精嫻與認真，為我們剛出道的一輩立下了良好的榜樣。後來得李瑞全兄的引薦，更得拜入蔡老師岳丈楊玉振將軍門下學習楊式太極拳，並每週與瑞全師兄及尤惠貞師妹三人到太平鄉登門學藝。楊老師河北武清人，乃國軍閻錫山將軍麾下少將，抗戰時曾於山西背對黃河與日本坂坦師團死力周旋。楊師母則出自齊魯兗州姜氏名門，他們共育有一女五男，長女即是蔡師母楊德英女士。由於孩子都

已長大，楊老師楊師母似也樂於招呼我們三個 30 前後的大孩子。我們常老實不客氣，學完拳賴著不走，除了吃飯，還常纏著擅於書法丹青的楊師母，爭求賜贈書畫。好幾回瑞全兄和我還帶同妻小到府打擾。也因這份難得的緣份，許多時我們與楊、蔡二家歡聚，都會稱蔡老師蔡師母為大師兄大師姊。自瑞全兄和我離開東海回香港執教後，我們和楊老師便少了聯絡，我只曾於九十年代中到臺中看望過老師一回，瑞全兄則於臺北往訪多回，其時老師還非常硬朗，但師母已認不出我們了。後來瑞全和我數次欲再往訪，皆因楊老師年事已高，而未能成事。直到 2008 年才得知楊老師當年以九十八耄齡捐館。

去年藉到政大客座之便，曾約同瑞全兄及三兩學生再到臺中探望蔡老師蔡師母，喜見蔡老師耆中精神尚佳，而蔡師母近年更秉乃母遺風，浸淫於丹青之道，並已臻非凡造詣，更知彼夫婦倆每週有溪頭暢遊之習，實令我輩欣羨釋懷。恆念蔡老師蔡師母數十年作育功深，今值蔡老師九秩初度之慶，特奉寄七律二首以賀，並祝蔡老師蔡師母（也是我的師兄師姊）老而彌堅，福壽延綿。

關子尹 謹誌於臺北景美溪畔

註：第一首詩：首聯指蔡老師乃公認的山東棲霞牟宗三先生首徒。查牟先生曾於東海任教，故蔡老師後來半生服務於東海，更添追隨之意。頸聯指蔡老師自己亦著作等身。蔡老師除孔孟荀、宋明儒學等鉅著外，曾有《儒學的常與變》一書，上詩尾聯即以此為據，指蔡老師對當代儒學「守經通權」的期盼。第二首詩：「鯤島」乃臺灣的美稱，鯤取莊周「鯤鵬」

之意。頷聯嵌上師姊丈夫及兒女名字甚明。頸聯指師姊作為「全省特殊優良教師」，在任職期間常用心於國文科教案，不少佳作都載於臺中一中學刊《育才街》；此外，每於關鍵時刻對莘莘學子親加善導（故言「時雨」），曾受業於師姊而終有成就之當代學者便有洪裕宏、林安悟等，凡此種種，皆事有所本。尾聯述師姊榮休後精嫻於丹青，並曾舉辦「驚鴻書畫展」事。

05-13 孟春紀懷並謝四方君子 (2019-05-03)

> 黌門友弟眾相邀，酒過三巡意轉驕。
> 幽草萋餘懷日暮，瓊花芳盡感年韶。
> 閒居歲月荒三徑，蟄伏軒窗飲一瓢。
> 殷謝朋儕為雅頌，壺觴傾盡記今宵。

《詩經‧小雅‧常棣》有云：「雖有兄弟，不如友生」，此言想不虛傳。近年獲生員友儕厚愛，每屆生日都分批約晤，心下固甚感激，但亦不無歉疚。今年預早設法把面書生辰功能除去，以為可以「相安」，結果友生問訊不減反增，只是約晤日期往後推遲了。先是有達名親手下廚的實驗中式美饌，繼有系中同人相招午膳未果而攜糕點祝賀。踏入五月，竟還有兩次飯聚，可喜者每一回都能盡興。上週由傑雄、錦青等發起的一回，本以為是與MA 同學大夥人於城中共嚐新味，卻演變為「突擊」慶生，真教愚夫婦感動，昨晚與浩麒、俊亨等另一飯聚，更已行之多年。除此之外，當然還有皇仁書友、崇基同學和與家兄之歡聚。潛思自身一介微命，平生只求澹泊，卻一直得多方厚愛。如斯情誼，我無比珍惜，於此一併向諸君致意！並願以上詩為記！

寄贈篇

05-14 苦中作樂並贈天機教授 (2019-07-24)

> 夏令熾流金，閒居獨苦吟。
>
> 忘年殷意厚，伏月島雲森。
>
> 儕伍杯中物，江河日下心。
>
> 今宵共契闊，斗酒與相斟。

藉著陳天機教授回港兩週的方便。許多舊友都為他安排了各種聚會，特別知道他今年年底不會另行回港，則這兩星期便顯得特別珍貴。我們本獲分配了昨晚招待他老人家，但很快的，陳教授的老同事黃宏發教授夫婦提出了更好的建議，乃有昨晚於港大舊生會很難得的飯聚，出席的還有陳膺強教授夫婦、陳勝長教授、崔素珊女士及 Patrick。發叔 Andrew、發嬸 Rita 和其他友儕固都是我們素稔的朋友，大家難得共席，都為陳教授帶備美酒。特別是發叔，他讓我們經歷了一個晚上品嚐兩瓶 90 Lafite 的難得經驗。我們這個班底聚在一起，當然不會缺乏話題。其間，我們談及中大聯合書院「天機電算室」命名之由來，和教授補充謂該室曾被戲稱「天機神算室」時，便引來哄堂大笑。〔又及：從古文字上看，「神」字所從之「申」，實「電」之初文。〕

不過，由於月來香港民怨的沸騰已到一個危險的地步，酒過三巡，大家都免不了為香港每下愈況之前路極表擔憂。席間想起沈尹默曾有詩曰「獨憐烏鵲群飛意，誰挽江河日下心」一聯，回家後遂借其辭口占一律，以紀昨日！並寄贈天機教授，但願人長久。

05-15 作別柏林諸君兼序新歲 (2019-12-30，柏林回港途中）

霸陵走馬別群英，煙雨長空歸鴈情。

北國詩書齊深契，南天眾庶合爭鳴。

絳帷友執偕言默，湖海鴛鴦共保盈。

縱是世途多幻變，玄珠終久綻孤明。

　　愚夫婦倆去歲自九月起即卜居德國柏林，直到昨晚方返。期間不少瑣事獲柏林諸位友儕及學生就近相助，使落寞中之愁懷稍暢。回程時張茵、達峰兩家人送我們到機場，人群中匆匆無語話別，到在回航機上才漸醞釀得一律如上，謹藉此與柏林諸君道別，並加勉勵。

　　未有歐圓之先，德國用的國幣原是「馬克」(Deutsche Mark)，其最少面額的貨幣即為百分之一馬克的「芬尼」(Pfennig)。德國人如路上撿到錢財必定轉交責任單位報備交還失主，但德國有一習俗，如撿到一「芬尼」，則可據為己有，因為這一最小面額的硬幣，即德人口中的「幸運芬尼」(Glückspfennig) 故也。我此行將結束前兩天，竟在路上撿獲歐元最少面額的一 Eurocent，所謂入鄉隨俗，我遂按德國俗例，袋袋平安。不過，如果這真是一份幸運，那便讓我與眾分享，願德國及香港諸君諸事順遂，更祝願香港新年終能步出新天。

　　註：「霸（灞）陵」本乃漢文帝陵名。唐代韓琮《楊柳枝》詞有「霸陵原上多離別」句，而明遺民王翰《秋色》詩中亦

有「只有謫仙情思苦，灞陵傷別意無窮」之佳句，今以「霸陵」與「柏林」諧音，故借用之。

05-16 壽吾友展華兄七秩榮登 (2020-06-09)

> 男兒天地寄桑蓬，滿貫惟餘一箭功。
>
> 偕訪玉龍登雪嶽，齊鞭鐵馬嘯西風。
>
> 半旬白夜凝蒼海，百里黃沙照碧空。
>
> 每念當初塵劫日，同心矢志為童蒙。

　　展華兄一家人和我們相識相知快有半世紀了。展華兄讀的是中文系，但酷愛哲學，到了一個地步，他們的女兒長大後不止一次慨嘆「為何所有的叔叔都是讀哲學的！」這番話在我們前兩天和展華夫婦飯聚慶生時還一再回味。

　　除了是多年的好同學，展華更是我於世界各地自駕遊的最佳「拍檔」。記憶所及，我們兩對夫婦（有時連同家小和其他朋友）一道驅車遊歷過的地方有英國（含英格蘭、威爾斯、蘇格蘭）、德國、日本、新加坡、馬來西亞、美國、加拿大、斯洛文尼亞、克羅地亞、約旦、以色列、古巴等地。除了古巴雇有司機外，其他行腳都是自行操盤。此外，我們還同遊過柬埔寨吳歌窟，同登過雲南玉龍雪山，同賞過婺源山村，同遊於四川天府之國（並曾於峨嵋山下同吃素火煱，因其他的都是「野味」故），和同乘過阿拉斯加郵輪之旅……。所以，我們閒來品茗，單是憶述遊踪，便已有說不盡的話題，何況我們分享了對世道人生的許多其他關懷。

　　展華兄為人胸懷坦蕩，平易睿智，為友儕奔走，皆不遺餘力。最讓愚夫婦畢生感懷的，是二十多年前當小兒抱恙直到辭世的一段長達兩年的悲壯的日子裡，展華夫婦，還有他們兩個女兒，幾

乎每一週末都來給我們精神上的支持，這份情誼，我們銘記在心。

展華是我們一眾常常相聚的好友中最年長的一位（其實沒差那一年半載），但卻是體能最好的一員。近年他曾夥同其他同道到臺灣、日本、歐洲等地單車旅行。他還是本地及國際馬拉松的好手。前幾天他還提到馬拉松的六大滿貫 (Tokyo, Boston, London, Berlin, New York, Chicago)，他只差倫敦一站便可竟全功，只是倫敦今年四月的會期因癌疫橫行而須延期。謹此希望今年下半年倫敦一站的馬拉松活動得以恢復，讓展華兄完成壯舉！際此佳辰，祝願展華兄身強體健，福樂延綿！

註：「桑蓬」指「桑弧蓬矢」。李白《上安州裴刺史書》：「士生則桑弧蓬矢，射乎四方。」查古時男子出生，以桑木作弓，蓬草為矢，射天地四方，象徵男兒應具四方之志。後用作勉勵吾人當有大志之辭。頷聯分別指雲南玉龍山之遊，及於德國無限速公路上奔馳。頸聯寫夏至時阿拉斯加冰海上的恬靜景緻，及於約旦曠野中四下無人的孤寂心境。

05-17 福樂永年—賀達峰恩實完婚 (2020-08-30)

姻緣萬里兩相知，

險阻千般志不移。

只我達峰恩實在，

天涯海角任棲遲。

學生林達峰君與韓國梁恩實女士這對異國情鴛在柏林邂逅有年，本來計劃好今年三月成婚，但世情不靖如此，結果幾經波折，一雙情人終於最近回到首爾完婚。話說多年前達峰與我閒談時，我曾向他提及李宗吾的《怕老婆的哲學》，達峰讀此文後如獲至寶，並很熱衷於向其他同儕推荐，由此得見一雙璧人未來生活之美滿。謹借以上遲來的詩句，致以祝福，願永結同心，福樂永年！

第 6 章

親情篇

06-01 晚秋病中夢亡兒 (2016-11-22)

> 昔日嘗誇搏虎材，一朝衰病盡蒿萊；
>
> 黌門講席辭當續，冊府文章句未開。
>
> 妻女幃屏漿水盛，友生湖海慰言賅；
>
> 安知漏盡更殘夜，卻遇亡兒入夢來。

這次長「帶狀疱疹」（港稱「生蛇」），苦固苦矣，幸得妻子悉心照料，湯水不絕，有幾天簡直把生命調校為「嬰孩」模式：吃、喝、睡。最難得、也最讓我感動和寬懷的，是其間得以夢見亡兒……。事實上，上詩之作全因先有了最後一句，其他首、頷、頸聯都是後來補上的。

經過多天煎熬，今天「蛇毒」稍退，便立即要勉力為明天的課程準備，希望還來得及。不過，為下月 Kant in Asia-II 會議的主題演講撰稿的計劃卻遲遲未能著手也。這幾天的「微恙」，讓我更深地明白自己體力和時間的有限。即使上天假我數年，亦只能理智地好好運用了！

上次 post 後，以 fb、電話、電郵, whatsapp 來言問候者逾百，因大部份時間在靜養，未能一一致謝。於此心領了。

06-02 與愛妻相知半世紀結縭四十載感念盈於胸臆遂成二律以贈

(2016-12-26)

其一：記當初

與爾相知在水濱，共聽啼鳥噪清晨；

終朝細語寧非樂！一點秋波別有神。

幽澗流泉時濯足，重林歸路待披榛；

蘭心質蕙垂青眼，願報柔情日日新。

其二：述如今

四十清秋彈指間，幾番風雨共時艱；

嘗陪苦讀流關外，繼護春泥滯島灣。

育幼衾裯忘己慮，治家升斗未曾閒；

相期毋負三生約，博爾從今盡展顏。

06-03 登高遣懷（2017-05-07）

落花時節倍思親，欲把悲懷和酒吞；
罔極幽明懸一念，有情生死了無垠。
漫山草木知遺愛，歷劫椿萱黯斷魂，
歲月緣何清不盡，心扉寂寂舊苔痕！

今天是一年中我們最需要記念的日子。午後又與妻女帶備鮮花，登高望遠。只見煙霞渺灑，水不揚波，佇立良久，遂成一律。

此詩先是五律如下，後增補成七律如上：
時節倍思親，悲懷和酒吞；
幽明懸一念，生死了無垠。
草木知遺愛，椿萱黯斷魂，
緣何清不盡，壁上舊苔痕！

註：「和」用作動詞，摻和解。

06-04 誕日懷慈親（2017-05-14 詩稿，2019-04-25 訂名並記）

名山問學越重圍，息景江湖引棹歸。

卷帙盈箱成蠹患，韶光虛老待研幾。

翻思舊事堪長嘆，忍記蒙時遽下闈。

猶念慈親覆護意，寸心何以報春暉！

我中學三年級那一年，曾因家庭問題，被長居海外和與先父合營小生意的叔父趁回港之便逼令退學。叔父意謂我家食指繁浩，我們兄弟中應有一人出來幫補家計云云！我當時年少，竟因無知而服從（死蠢），並真的停止了上學和預備就業。後因母親大力反對，甚至以死相抗，叔父才讓步，並著我於停學一週後重新上課。但這事件令我一度迷失，並瀕於價值崩潰，本來全班中上的成績更一落千丈，加上剛好因小故開罪了一位老師，期終時甚至被實行「金字塔式教育」聞名的中學逐出校門。後幸得另一老師傾力扶持，才獲准留級。有謂知恥近乎勇，我自重讀中三開始，讀書態度之專注猶如脫胎換骨，竟先後於上、下學期都考獲全級（下午校踰五百人及上下午校踰一千人中）的第一名（期間曾婉拒了拔萃書院校長邀我轉校的好意）。並開始了近似飢渴地廣泛求知的知性之旅。兩年後轉入香港名校榜首的皇仁書院，越一年，由於不願意當醫生，乃改投中文大學生物系之懷抱，更輾轉改攻心儀已久的哲學，並終於在完成哲學碩士後，取得德國獎學金留於彼邦苦學五年，直到攻克博士學位，才買棹還鄉……今經半生營役，我已自中大引退賦閒，值生日之期，回首前塵，更

深深感念亡母。我雖然終究沒有甚麼成就，但總算盡了為人師表之職責，總算活得無慚於己、無愧於人。倘非母親當年死力堅持維護，我恐怕連這丁點的事也不能完成……媽媽，我多麼的感激您、想念您……

「……話說母親年幼時雖與學庠緣薄，但輟學後只憑背誦《三字經》、《千字文》等蒙學經典，和每天的報章閱讀，即便通曉文墨。結果，在他與父親各在天涯的六年裡，和遠居薩國的日子中，母親就是藉著魚雁往還，與先父訴說思念之情，和對我輩傳達舐犢之愛。又母親由於少年失學，故對子女的學業最為執著，記憶中我們直到小學將屆畢業的『讀默』課業，都是慈母於竭力於家務之餘一力督促，母親的語文能力可見一斑。在雙親遠離的歲月裡，庶祖母對我們眾孫兒的關愛，還有姨母從旁的照拂，都是我們永遠懷念的。我們眾兄弟妹幸不辱命，於這期間名列前茅者有之，學業獲表揚者有之，考取大學者有之，而歸根究柢，其實都是慈親自幼鞭策的成果。」

「……母親稟賦聰慧，晚年更掌握了運用電腦上網閱讀資訊、看照片和透過視像軟件和海外兒孫溝通的技巧，她和遠在加國的子強和在澳洲的子鴻便常藉此方式閒話家常。子尹雖然事忙，而且在港沒有以此方式和母親溝通的必要，但他最樂道的事，是第一次在辦公室安裝好 Skype 軟件後，幾秒鐘內傳來的第一個視像和第一把聲音，竟然是母親的歡顏和笑語。」（以上兩段節錄自「母儀足式──先慈關左渭鈿女士行述」）

親情篇

06-05 歲在癸巳與妻歐洲浪跡紀懷 (2018-08-20)

憶昔瀛表雨飄萍，策馬長亭又短亭；
峻嶺松風興地籟，碧波雲影入丹青；
浮生若夢悲還喜，亂世如棋醉復醒；
願淼天涯長作伴，共卿永夜數繁星。

數十年來，以自駕遊方式遍歷天涯海角已不下 20 次，但幾乎都是與好友結夥同行，不然也有女兒相伴。記憶所及，獨我夫婦二人聯袂遨遊者，唯 2003 年於德國走西線往黑森林及法國阿爾薩斯一回、2009 年於西屬加那利群島 (Canary Islands) 中的 Fuerteventura 環島一回，及 2013 年自瑞士蘇黎世翻越 German Alps 走德國東線遊歷不下十個古城返回柏林這另一回而已（按：後來又有 2019 年於馬爾他島 (Malta/Gozo) 上浪遊一回）。近日乍見 2013 年之舊照片，回想當日之溫馨，且賦詩一首紀懷！

註：按平水韻，「醒」字入青部。又「昔」字雖屬入聲，然音值派入平聲，雖出律，姑用之。

親情篇

06-06 贈內（2018-12-22）

海誓山盟向足稱，明心豈讓山無陵。

兩泓秋水情堪寄，一凜青霜氣自凝。

俯仰恆藏金石韻，屈伸常記玉壺冰。

浩歌明月今為證，爾我餘生日以承。

　　我的老伴：今天既是農曆冬至，也是臘月十六，更是我們夫妻結縭 42 載的日子。我自命也算是一個情種，當年我倆相知，只恨自己沒有詩才，幾許情懷未及盡然向妳傾吐。兩年多前學詩以還，終於在我們結婚 40 週年的一天，為妳寫下人生頭兩首情詩，想妳會喜歡。後來迄今雖拈韻已凡數十首，但成詩都以哀傷為主，情詩似乎沒有甚麼新作。今再逢此佳辰，遂再口占一律相贈。

　　我雖是學術中人，但其實一生影響我最大的當是內子。內子蕙質蘭心，是人如其名。我們相戀之初，少女情懷如她，當然凡事以我為主導。但隨著歲月的增長，這個角色似乎一直在蛻變。我倆心智成長的方式很不一樣，查我的成長實只以學術為主，但內子卻能於其善良和優雅的稟賦之上累積日多的世俗智慧，讓我愈加倚賴。我對她除了愛慕，更愈益敬重。與她一起生活，成為了我存在的理由和動力，她的一顰一笑，乃至她的整體存在，也成了我靈感的泉源。她之於我，到了一個地步，是「之死靡他」。

　　辛苦妳了！我們數十年相濡以沫，經歷過幾許歡樂與哀傷，其中兒子 15 齡之殤，更是刻骨銘心之痛，但即使這份痛，也被我倆廝守緬懷，就因為我們曾攜手度過！今日我們已雙雙步入暮

年，兩人都一身痛症，我或許較妳好一點。以後的日子，願繼續互相扶持，願「執子之手，與子偕老！」

註：首聯對句「山無陵」語出漢代樂府《上邪》：「上邪，我欲與君相知。長命無絕衰。山無陵，江水為竭，冬雷震震，夏雨雪，天地合，乃敢與君絕！」多年來我每讀之，感動不能自已！由於首聯中「山無陵」之成句無法更動，亦不擬放棄，遂至該句成「三平尾」，留下格律上的缺憾，方家幸莫見笑！再說，一首對我來說有如此特別意義的詩作，留一點缺憾也是好的！頸聯「俯仰」句寫出我自認識內子的一刻至今的感覺，「屈伸」句總括了我從來對她的承諾。

　　　　　　　　　　　　　　　　　　　親情篇

06-07 庚子秋後見先祖遺物有感 （2020-08-22）

飄萍零落遯荒濱，光影空餘隔世塵。

屈指百年風雨後，嗟余宇內幾遺民。

　　胞弟子凱離別在即，昨夜深宵把先父母遺下的一箱物品移放我家。挑燈展閱，原來盡是與家族相關的文件，其中赫然出現以為早已湮沒的先祖父手書「我家關氏族部」原件，及其寄予先父的通信等。此外，更有我從未得見的先外祖父遺像。查父母親均出自華僑家庭，而先祖父及先外祖父均屬自少放洋飄泊，並於中道回國成家後再遠赴海外營商者。先祖父便自四十年代末最後一次離華後，直到 1970 年去世也再沒回來過一趟。我自小最不解之事，是祖父如何能忍心撇下兩位祖母在港茹苦數十年。我們兄弟中，只長兄曾於襁褓中見過祖父。余生也晚，便連這緣份也沒有，記憶中只曾在母親的督促下給祖父寫過家書致候！至於先外祖父左公及先舅，從來只知其很早便相繼客死他鄉（墨西哥）。母親只八、九歲便已失怙，後隨母姊到香港相依為命，越數載以十七之齡又再失恃。幾年後母親與先父邂逅成婚，並養育我輩兄弟妹五人。然而其畢生之遺憾，除了未能多侍奉寡母，是從未得見乃父一面。今夕我首度得見母親珍藏的外公遺照，及母親於相片背後的題字，心生孺慕之餘，復念母親兒時之孤苦，頃然神思嚮往，仿如隔世！潛思祖輩客走他鄉，乃至奔走營役終生，雖謂出於經濟原由，但與百年來國情不靖，亦不無關係。往事如煙，法界如塵，撫今追昔，能不感懷！

先祖父關叶垣公　　　　　　　先外祖父左海祥公

父母親的合照

06-08 贈女兒 (2021-04-05)

> 青草湖邊野草花，峨眉道上展瑤華。
> 今朝世亂隨緣住，願爾長康寄海涯！

　　女兒自英國學成以來，一步一腳印地用心於氣候變化與企業社會責任議題之上。由於她從來都是在家上網工作，所以今年竟能伴隨雙親來臺作客而不影響她繁重的工作，這亦是我們的幸運。上週是她的生日，這幾天適逢長假，乃得以和好友們驅車四出遊樂，倘佯於湖光山色之中，大家都得以稍事休息。由於這幾天分別去了新竹縣的「峨眉湖」和「青草湖」，遂借景起興，以七絕一首為她祝願，順帶感謝各方好友。

06-09 紙船 (2021-07-26)

> 平湖泛紙船，毋負此生緣；
> 幾許乘桴願，唯將夢裡傳。

昨天（26日）是翰貽的忌日，我們遠在臺島，無法如往昔一般到他墓前懷念。由於下午我還要參加清大的碩士生口試，只能於早上陪妻女在校園內漫步遣懷。記得唸小學時讀過冰心的《紙船──寄母親》。妻子或許因而得到靈感，便也摺了隻紙船，上載三朵鮮花，借清大成功湖清澈的湖水，與湖畔滿懷的清風，向已離去二十多年的兒子寄上無盡思念。瞻彼日月，悠悠我思！

第 7 章

憶兒雜詠 1-14

(In Loving Memory of Clemens Kwan, 1981-1996)

07-01 憶兒雜詠（之一）(2016-07-26)

別爾悠悠歲月長，

悵哉心事鬢如霜；

猶思東海閒居日，

爾語咿呀步跌蹌。

07-02 憶兒雜詠（之二）(2016-07-26)

瀛表輕車載爾來，

茂林古道日相陪；

朔風落葉盤根錯，

博爾歡顏往復回。

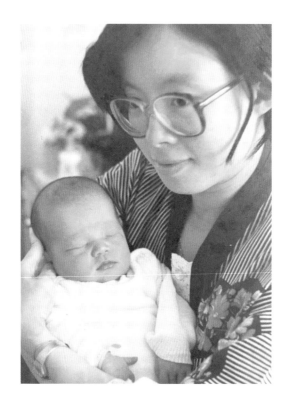

07-03 憶兒雜詠（之三）(2016-07-26)

款款床前笑語多，

爾同阿妹倆聲呵；

問爺故事何時講，

指環魔法恨蹉跎！

07-04 憶兒雜詠（之四）(2016-07-26)

廿載愁懷寄海隅，

椿萱舐犢意縈紆；

嗟兒難遂青雲願，

翼軫參商志不渝。

07-05 憶兒雜詠（之五）(2016-07-26)

經年此際立高崗，

遠眺孤帆意未央；

不羨延陵知達命，

哀思聊寄豈容忘！

　　今天是翰貽辭世二十週年的日子，上面五首詩除了其五是上月作品外，其餘都是這兩天深宵無盡的感觸下完成的。其中許多心跡，在十年前為翰貽寫的《教我心醉·教我心碎》書中，都可找到影子。五闋詩中第三首之末句「指環魔法恨蹉跎」未合平仄，但卻改無可改，這亦間接把心中難以磨滅的遺憾忠實地道出。二十年前的光景就如昨天，浮生如夢幻，如露亦如電，但只要能選擇，我永遠願意把心扉裡最重要的一頁留給你，只要我一息尚存！

　　最近幾天，除探望了大病剛癒的何秀煌老師和見了短暫來港的摯友楊儒賓兄外，可謂深居簡出。由於翰貽是天主教徒，今天晚上，還會與最敬重的夏其龍神父和兩三位好友作一簡短的彌撒。至於明天晚上，因利成便，將借 King's College Choir Cambridge 的一場 Brahms: Ein deutsches Requiem 中的歌詞為翰貽悼念：Selig sind, die da Leid tragen, denn sie sollen getröstet werden.

07-06 憶兒雜詠（之六）（**2017-03-23**）

重重雲霧鎖青山，

作伴登臨此日閒；

購得繁花兼黛草，

老懷心事獨何慳。

〔今夕久不能寐，遂成一絕〕

07-07 憶兒雜詠（之七）（2017-07-26，於翰貽忌日）

九原野卉蕊如丹，

嗟我賞花心未閒；

二十有年朝與暮，

悲懷頻寄水雲間。

07-08 憶兒雜詠（之八）〔2017-08-26〕

山青水碧日高懸，

嶺上孤鴻唳九天；

一束繁花今作別，

煙波此去任翩翩。

〔遠遊在即登高賦別〕

07-09 憶兒雜詠（之九）〔2018-05-07，於翰貽冥誕〕

扁舟放棹去何蹤，
秋去春來念幾重；
信是神仙淪小謫，
了無塵慮鎖樊籠。

　　今天是翰貽冥誕之期，整天陰晴不定，我倆心境亦然。幸好昨天買的鮮花開得格外絢麗有致……兒子走了快二十二個年頭了，近日常想起他離去之初，勞思光老師知我心情悲慟，著師母抄錄蘇曼殊《偶成》詩中「自是神仙淪小謫」一語，以作開解。多少年來，這詩常襲上心頭。近日愈見世事紛擾，愈願意相信蘇曼殊這番詩意……人生世上，難得糊塗……

07-10 憶兒雜詠（之十）(2018-07-26)

冉冉流光廿二年，
浮生中道轉茫然；
紫薇寥落迎風立，
送我情懷接海天。

　　今天是翰貽辭世 22 年的日子。早上本欲在女兒上班前舉家先到墓地一轉，但驅車時竟然走錯路，還遇上交通堵塞，結果只得中途讓女兒離隊轉地鐵上班，小事如此也辦不好，心下頓感茫然！但回心一想，人生變幻無常，小事固常如此，大事往往亦然！

　　在墓地上，除了帶備的鮮花，今年竟和去年一樣長出了野卉，不過這回長的不是大紅花，而是紫薇。紫薇是古代詩人最喜吟詠的花卉，以花期甚長見稱，有「百日紅」之美譽，今日有緣相見，過兩週若再往走一回，或許可驗證是否長情若此！即物感懷，乃又成一絕！

07-11 憶兒雜詠（之十一）登高寄懷 (2019-05-07)

風急天高雲半收，
鳥飛天際任悠悠；
予心已駕長風去，
一片孤舟水上浮。

07-12 憶兒雜詠（之十二）傷時 (2019-07-26/27)

長空萬里起彤雲，
忍記吾兒志不群；
爭奈瀛寰早變色，
倚欄伴爾送餘曛。

近月香港風雲變色，有司的動靜言行，你眼不見為乾淨！今天是你的忌日，我們帶了鮮花來看你，心情百般沉重，只是思念你的情懷依舊！

07-13 憶兒雜詠（之十三）(2020-05-07)

似是蓬萊霧半籠，
頻年憶念意盈胸。
夢迴欲借此心曲，
奏上玄天第幾重。

07-14 憶兒雜詠（之十四）（2020-05-28）

珠江舊夢了無垠，

極地神遊意尚新。

三十餘年風雨後，

南柯一覺幻如真。

兒子離去快 24 年了，我們對他的思念，固無時或已，哀傷雖是難免，但我們更願意記取的，卻是昔日一起度過的歡樂時光。人或不知，我看世界盃足球所以成為德國隊的「鐵粉」，並不因為我曾留學德國的關係（我留德時捧的是阿根庭），而因為我緬懷和兒子捧德國隊時那份激情和狂喜。人或更不知，我至今仍愛看 *America's funniest home videos*（港譯「笑笑小電影」）是因為每看一次，我都設想兒子如在看時天真爛漫笑得前仰後合的歡容！

最近因時局發展之荒誕，心情極度納悶之際，卻在看書時偶然發現一張舊戲票，一看之下，勾起了一段美麗的回憶，更重拾回一絲對人性美善的期待。

記得我自德國回港任教之初，兒子才五歲，其時妹妹才剛出生，有一回我獨自帶著兒子經過土瓜灣的珠江戲院，看見剛放映日本拍攝的電影「南極物語」(Antarctica)，便帶兒子看了他人生第一回在大銀幕放映的電影。這電影描述日本南極探險隊於 1958/59 年間於南極圈養的 15 隻拉雪撬的樺太犬（哈士奇犬）的故事。話說在一次觀測行動中，由於天氣急速轉壞，觀測隊因為技術原因，在沒有選擇餘地下，必須放棄折返營地把 15 隻栓上

頸圈的樺太犬接回的計劃。如是者，影片便描述其中的 8 隻良犬終於掙脫束縛，並在極度嚴寒的南極天氣下如何「苟活」的悲壯歷程！

　　昔日的珠江戲院，早已拆卸多時。記得當年那天，戲院觀眾人數不多，在大銀幕中看到南極壯麗遼闊的大自然景色，即使對大人如我也是一份震撼，何況對才五歲的兒子！但最珍貴的，是這一齣戲對我們同時是一次情感的洗練！特別是它讓兒子看到人和動物之間的彼此信賴，看到動物的忠誠，看到人類因無法營救犬隻的內疚與自責，讓他代入了面對死亡時的恐懼，感受了對生命應有的珍惜，見證了無論人或狗在極度困難時努力求存的剛毅和勇氣，分享了生命一瞬間成功的喜悅，和瞬間命運逆轉的無奈。戲中描寫觀測隊隊長於一年之後重回南極，終於見到熬過了嚴冬碩果僅存的兩隻樺太犬太郎、次郎那分激動。這一齣戲，對於兒子來說，無疑是讓他提早接受了一次生命的歷練。我是多麼慶幸和兒子分享了這可貴的經驗。是的，兒子許多年後都會主動提起那一天在珠江戲院裡這段美麗與哀愁的時光。

　　兒子才十五歲便離我們去了，「自是神仙淪小謫」，他是一個如此優雅的孩子。在某一意義下，他所認識的世界還是一個相對地美善的天地，南極的天空，雖充滿險阻，卻純真得來還不乏對生命的正面鼓舞，對兒子來說，或許是他的世界的一個縮影。反觀今日香港，放眼當今世界，事情的荒誕不經，可以發展到一個如此不堪的地步，夫復何言哉！

第 8 章

悼念篇

08-01 悼文思慧（柏林 2013.12.17；香港 2014.01.02 再訂）

半是淒迷半是悲，文工思慧世間琦。

急公好義稱巾幗，反核躬耕在槿籬。

弱質敢懷兼善志，匹夫羞仗太平時！

廟堂揮袖揚長去，瀟灑人間莫費辭。

思慧是中大哲學系比我低兩屆的師妹，她一生為人孤高磊落，律一己總澹泊自持，對權位從不假辭色，其寓理念於實踐，行事俐落爽快，從來不讓於鬚眉。早上傳來她辭世的噩耗，悵然終日，乃口占一律，聊表哀思。思慧，願爾安息！

08-02 敬悼吳清源博士 (2014-12-05 首聯，2020-12-05 訂成)

青蓮出潦淖，赤膽步危杅。

捍閭平常道，云胡較重輕！

　　去年此際，偶獲「國手」吳清源多年前蒞中大接受榮譽博士學位期間的舊相片。今日方知吳老剛於五天前仙遊。吳老以不凡棋藝，以邊客的身份，氣定神閒地游刃於東瀛各大高手之間。於扶桑可謂風騷獨領。今其以百齡辭世，是生榮死哀，可以無憾矣！我棋藝雖屬平凡，但從吳老的棋書及棋風獲益者，又豈止於區區棋藝！猶記得於留德的五年期間，《吳清源全集》與 Bach-Werke-Verzeichnis (BWV) 一樣，都是枕邊必備的書籍，其中我最愛「讀」的，是《黑佈局》與《白佈局》二書，信手拿來，不知伴我度過多少光景！

　　此外值得一記的，是 Bochum 波鴻大學東亞系原來藏有大量日本棋譜，我居然直到該批材料要轉送柏林前夕才知情。結果，我在一兩天之內，有如囫圇吞棗般閱覽，發現吳清源當年與日本各大高手對奕的棋局幾乎盡數網羅。由於事急，我只能把最重要的幾本影印了，包括吳清源和本谷實的「鎌倉十局」(只下了六局)和與其他「名人」及「本因坊」的十番棋數種，及其與棋聖秀哉的天元局等。這些材料，回港後曾給思光先生過目，可惜後來再交給某同學後便失去了下落。哲人今已矣，勾起與吳老有關的點滴記憶，不禁為之神往！

又年前偶得老照片一幀，值得與眾分享。時維一九八六年仲秋，吳清源獲香港中文大學頒授名譽博士學位，訪校期間，曾假崇基教職員餐廳為來自大陸的常昊（左）和周鶴洋（右）兩位「神童」講評。如今二人早已成為世界頂尖棋手！相片中吳氏右側的是勞思光教授，左側是陳嘉銳棋手，左後方的是陳方正教授，右後方是在下。今思光先生與吳老已先後駕鶴仙遊，願逝者安息！

　　　　　　　　　　　　　　　　　　　　　悼念篇

08-03 與皇仁諸兄同悼黃六根學友 (2016-07-20)

悲歡人世道，一瞬九迴腸。

繾綣齊眉際，猶懷繞膝旁。

浮萍曾偶遇？香海有奇驤。

雖謂六根了，黃龍願不忘！

我當年在皇仁書院，只是來去匆匆，由於和六根兄並不同班，雖或曾於校園相逢道左，但嚴格地說，是素未謀面。然而，自六根兄抱恙以來，從皇仁同學前仆後繼的關愛與支持，包括雪片一般亦莊亦諧的祝願，得見六根兄的人緣，也印證了皇仁校歌中的訓勉："...bound in close brotherhood all thy collegians, cherishing memories tender and strong..."

六根兄大去之日，我適在北京有會議，由於網絡受管制，只能收到零星的消息，其中赫然傳來六根兄的噩耗。六根臨終前能找到自己的信仰，是他的福氣，我由於個人選擇，無法和許多基督徒同儕一起為六根祈禱，但我願以一份誠摯的心，祝福六根兄求仁得仁，得享安息，亦遙遙寄望他的家人釋懷節哀。我常覺得，生死固是人世之常，但人死並不只如燈滅，因為藉著在生者的追憶，逝者便雖死猶活！常道「但願人長久」，可知此語之願景，實不只限於人之「生前」，亦可關乎其「死後」；王船山《詩廣傳》中言「幽明之際」，簡言之，亦只此而已！就讓我們多記起我們和故人一起度過的美好時光，讓精采的生命仍可散發餘暉！回港後，看到六根家人寄來親情滿溢的合照，又接獲效良兄留言紀念

的呼籲，深受感動，遂口占一律，以表悼念！

Fare Thee Well, my friend!

註：皇仁書院校報名為《黃龍報》，故於尾聯以「黃龍」指
　　皇仁諸友。

08-04 詠伏波將軍——讀《後漢書‧馬援傳》薏苡之謗故事有感 (2016-09-26)

南海明珠實薏仁，將軍報國盡酸辛。

鵰鞍眄顧神先奪，馬革屍還意甚殷。

轉戰南疆徂潦暑，追收紫綬泯烟塵。

苦心孤詣招誹謗，老驥伏櫪志待申！

　　東漢大將軍馬援，一生轉戰四方，戰功彪炳，晚年仍披甲冑，南征交趾，終於戰死壺頭山，得遂其「馬革裹屍」之願！馬援年暮之時，曾開罪朝中新貴梁松，梁氏因記舊仇，於馬援身後除譏稱其行軍無方外，還謗指馬援經略南疆時曾搜掠大批南海明珠，而不上報於朝云云……漢光武帝因聽信讒言，乃於馬援戰死後仍褫奪其生前印綬，馬援之後事亦因而蒙垢。經馬氏一家多番申訴，並得一二耿介之士之進言，馬援「薏苡之謗」始稍得直！

　　後經查證，所謂明珠者，其實是南方特產之薏苡（粵人稱薏米），蓋因南方暑熱，馬援喜薏苡能「輕身省欲，以勝瘴氣」，舊日便曾於班師時運了一車顆粒特大者北返，欲以之為種，廣植之以備日後之軍需，卻因而遭謗！馬援一生功業，幸獲青史平反，日昨得知宋黃庭堅曾手書唐劉禹錫《經伏波神祠》長幅，甚是可觀；又垂二千年，今日南方多地仍可找到不同規模的「伏波廟」（包括台灣的苗栗市），其影響可見。翻思馬援「薏苡之謗」故事，得見人心之可笑！其實古往今來，胸懷不凡抱負而招小人所忌者，何獨馬伏波！姑撰七律一首，以澆胸中塊壘！

08-05 威廉‧洪堡特（Wilhelm von Humboldt, 1767-1835）250 冥誕紀念（2017-06-20）

> 西海彼邦一士諤，人才風骨兩昭然；
> 山河慘淡嘗經世，文教蟲沙願補天。
> 太學建成修讜論，諍言進盡乏長鞭；
> 烏紗擲掉何須恨，老大新猷世上傳。

今天是德國語言學家、哲學家、教育家，和政治家的洪堡特的 250 歲冥誕。洪堡特何許人也？簡略言之，洪氏乃現代普通語言學之父，乃德意志觀念論之殿軍，乃歐洲自由主義之先河，乃普魯士德國的政治巨擘，乃影響足及於全世界的教育家（其他如於美學、文學、史學、法學、人類學等的貢獻姑暫且不表）。

作為語言學家，洪氏影響了後世的結構主義傳統和喬姆斯基的學說；作為哲學家，洪氏的觀點足與同代的黑格爾分庭抗禮；作為政治理論家，他的《對國家權力的界限試予釐定的一些觀念》一書，結果成為英國穆勒寫《論自由》時的著作藍本；作為政治家，洪堡特乃維也納和會 (Congress of Vienna) 普魯士第二代表，後因反對國家自由倒退，而敢於據原則與相權乃至與君權抗衡，最後不惜飄然引退；作為教育家，洪氏臨危受命創辦的柏林大學，結果成為世界上其他國家爭相仿傚的楷模，其影響持續至今。洪堡特無論是學問思想、人文關懷、或風骨行止，從來都是我個人的榜樣，儘管我無論從哪一方面看，都難以望其項背！

今年適逢洪堡特 250 冥誕，本來早有打算今天略具數言，以

資記念。特別讓我感動的，是數星期前竟然收到德國寄來的函件，邀請我今天出席於柏林舉行的紀念活動。地點還是洪堡特當年的傳家府第 Schloss Tegel。具名的邀請者包括現任柏林市市長 Michael Müller，普魯士文化遺產基金會會長 Hermann Parzinger，及洪堡特的後人 Ulrich 及 Christine von Heinz 夫婦。由於近十年以來，柏林已成了我們的第二故鄉，有這麼重大的理由，我本來一定會安排出席，以記念這位於現代文明多方面都有不凡貢獻的思想巨擘。只可惜我早已和友人安排了明天即要首途莫斯科，開始為期十二天的俄國之旅，柏林的盛會，便難參加了。

1820 年，奧地利首相梅特涅 (Metternich) 與普魯士首相哈登堡 (Hardenberg) 糾合諸德語國邦召開秘密會議，以求加強打壓及控制社會言論（洪堡特以重臣身份竟被隱瞞），並草成協議，是謂 Karlsbader Beschlüsse (Carlsbad Decrees)。洪堡特不滿國家言論自由倒退，於給國王進萬言書勸阻不果後，憤然去官。晚年遂於 Schloss Tegel 隱居，潛心研究語言學，乃至有大成。Schloss Tegel 位於柏林市西北，我於十多年前曾經參觀過。今日雖無法舊地重遊，然心嚮往之！滔滔世事如煙，今日哲人已杳，然典型永在，遂口占一律，遙寄懷念！

註：頷聯出句指 18 世紀末普魯士敗於法國，國家百廢待興，本為自由派的洪堡特之毅然出士；對句指目睹德國大學式微而策劃籌建柏林大學。頸聯出句指柏林大學之建立一切停當後，洪堡特留下一批極重要的論教育的文件或奏議；對句指 Carlsbad Decrees 事件洪堡特不滿國家言論自由倒退，給國王

進萬言書勸阻不果之事。尾聯出句指洪毅然辭去不管部部長職並解甲歸田之事；對句指洪歸隱 Schloss Tegel，埋首學術，終於成就其「普通語言學之父」之美稱這一結果。

08-06 懷念狄培理教授（2017-07-23）
Remembering Professor Wm Theodore de Bary (1919-2017)

> 西海儒林一孑身，長歌此去別前塵。
>
> 經綸漢學思匡世，化雨春風忘苦辛。
>
> 同道精誠蒞致祭，齊眉耄耋敬如賓。
>
> 報身百瑞為培理，兩兩何妨念故人。

　　上週網上傳出訃報，狄培理教授已於 7 月 14 日以九秩有七接近百齡之高壽辭世。狄教授是美國哥倫比亞大學知名漢學家和教育家，畢生貢獻於東西文化交流，尤其用力於宣示東亞文明如何有助於現代社會普世價值之建設，其等身之著述，其忘年之教學，都與此有關！他獲得臺灣第二屆「唐獎」漢學獎，是實至名歸。狄教授長久以來都是中國文化的熱愛者，他和我校錢穆、唐君毅，和勞思光等前賢都屬舊交。事實上，他的中文名字「狄培理」便是錢穆教授為他起的。這一點，一般人固是於唐獎頒獎典禮上才知曉，但我其實早於 12 年前便已獲悉。事緣狄教授除於1982 年蒞新亞書院主持「錢賓四先生學術文化講座」外，更曾於2005 年以「唐君毅訪問教授」身份到中大哲學系訪問。哲學系當年在籌備過程中用以宣傳的，是學界一直沿用多年的「狄百瑞」這一不落俗套的譯名，但當我特地帶狄教授到錢穆圖書館參觀時，他於留名冊上簽的中文名字，便正是「狄培理」。

　　在中大先賢中，我相信狄教授與唐君毅先生的交情極深，這是他於訪港那回向我多次強調的，此所以當年我以系主任的身

份向他誠摯邀請時，他的回覆是：I'll do everything I can to honor Tang Chun-I!

特別值得一書的，是狄培理教授與夫人 Mrs. Fanny Brett de Bary（美國「五月花」Mayflower 號航行者後人）鶼鰈情深，由於狄夫人身體虛弱，而且習慣了要由狄教授照料，所以狄氏訪港期間，我特地敦請曾任職護士的內子全程照料，也因而和狄教授伉儷建立了難得的友誼。他們夫婦相濡以沫、形影不離地步入暮年的溫馨情境，對於較年青的我輩是一極大的安慰與啟示。狄教授在眾多唐君毅訪問教授中，在港鉤留的時間雖然最短，但這不減其為我系的莫大榮幸，對愚夫婦倆，更是一生難忘的經驗，這一點感想，我曾於 2009 年狄夫人去世後，在致狄教授的唁函中，懇切地道明了（見文末附件）。

這一回收到了狄教授的訃聞，我抱着緬懷的心情，重新撿拾多年來和他逾三十封的通函（其中一些是談論把我的一篇論「語文作育」的文章收納入他的一本專著中），和他在港時的一輯亦公亦私的照片，其中一幀照片可追溯到 1970 年於意大利 Bellagio 舉行的「十七世紀中國思想研討會」，該相片可謂星光熠熠，因其中除坐前排的狄培理、和大家熟知的陳榮捷、唐君毅和勞思光諸先生外，還有座中年齒僅次於陳榮捷的日籍學者吉川幸次郎（吉川氏嘗於會議期間與思光師唱酬，詳見《韋齋思光詩述解》）。此外，站在後排的，還包括「後輩」如成中英、杜維明、錢新祖等人。這張極富歷史價值的相片，本來很大可能會從此湮沒於世—幸虧我 2005 年為狄教授到訪作準備時記得在存檔中有此照片！而這相片我原初是怎樣得回來的呢？原來是我於 80 年

代末為先師勞思光先生搬房子時最後從一大堆棄置的舊照片和詩稿中撿拾回來的，這些物品於交回先生前，為恐有差池，我曾先拍照存檔……

　　這許多年後，照片中前坐者均哲人其萎，留下片羽吉光，尤見珍貴，因這照片見證了狄教授與我校先賢的深厚交誼！盛會難再矣，撫今追昔，喟然有感，遂成一律以紀懷。

　　註：尾聯借佛家言「法身」、「應身」、「報身」之典；「為」去聲，指先生近百齡為的就是教育與學術，故「百瑞」和「培理」兩個名字是相得益彰！

　　附關子尹致狄培理教授慰唁函，及狄氏之簡覆：

May 16, 2009, 11:02 AM

Dear Professor de Bary, dear Bill if I may,

I am saddened by the news of the passing away of Mrs. de Bary. I received this news half an hour ago from Chan-fai. I immediately rang up my wife Marjorie who is now in town. In our short conversation, we shared much sad feeling for missing the opportunity forever to see her again after our short but for us extremely meaningful acquaintance back in early 2005. Please accept our sincerest condolence for your great loss.

Despite her relative feebleness, Mrs. de Bary was for us the embodiment of poise and gentleness, of love and care, as well as of good observation and calm intelligence. Her forefathers, who had sailed through the stormiest waters on board the Mayflower, must have bequeathed their descendants with the wisdom and aptitude to live life with such a philosophic serenity.

Another thing is that Marjorie and I always confide to each other how privileged we felt having the chance of knowing you two. You together exemplified how lovely life can be to grow old together and cling to each other so closely to share the care and love you both need and the experiences and visions you both cherish. Please try not to overdose yourself with sadness, for she has already lived a wonderful enough life with you.

In passing let me as formerly chairman thank you for the recorded speech you prepared for the upcoming conference in HK... In case I have a chance to visit the US, I will certainly pay you a visit. Till then, keep well. Tomorrow (NY Time) in the hours of the service, our thoughts will be with you.

Cordially,
Tze-wan and Marjorie

de Bary wtd1@columbia.edu May 19, 2009, 1:09 AM

Dear Tze-wan and Marjorie,

Thank you for your kind expression of sympathy. It is a dreadful loss, but fortunately our children have gathered around in support of me and they are carrying on in their mother's spirit. She lives in them.

Thanks,

Ted

Wm. Theodore de Bary

John Mitchell Mason Professor of the University and Provost Emeritus

Special Service Professor

502 Kent Hall, MC: 3918

212-854-3671 wtd1@columbia.edu

08-07 敬悼雷黃愛玲女士 （2018-01-06）

> 無端歲運苦相侵，掠影浮光黯斷琴；
> 卷帙編成藏碧宇，星塵傾盡寄丹心；
> 人間戲夢疑真幻，象外情懷判淺深；
> 今日悲君從此去，那堪陽鴈獨哀吟。

　　黃愛玲的離去，是香港電影教育與研究的莫大損失。日前驚傳噩耗，心內震憾，幾至不能接受。愛玲於香港電影資料館任內，編過無數優質的書刊。藉著深刻的體驗和入微的洞燭，她的影評（曾結集為《戲緣》、《夢餘說夢》等書）每一篇都如歌般的細膩溫馨，她的文字洗鍊得來，就如其人一般的雍容淡雅。娓娓道來都散發出作者對生命的尊重與欣賞。中外電影中的每一主人翁，無論是現實上的人物，或是虛擬中的角色，只要經過愛玲的評點，都因而得遇知音，阮玲玉如是，聶隱娘亦如是！

　　愛玲丈夫雷競璇，是我自中學階段已稔熟的好友，大學時期於學生會架構中更有「同袍」之義。近十多年由於大家都愛好杯中神物，故過從更密。愛玲於夢中離去，就如她一貫的瀟灑。亂世之中，這雖不啻是一種福氣，但未免太難為她的老伴了。深願愛玲安息，競璇兄珍重節哀……

08-08 曾沐化雨春風 懷念馮燮彪老師 (*1930-†2018) (2018-01-13)

明師何恨去匆匆，嘗為童蒙畫九宮。

李杜姑吟將進酒，蘇辛且詠滿江紅。

孫臏范相稱無間，白起龐涓說有窮。

數拾餘年猶感念，春風化雨柳牆東。

日前傳來噩耗，小學階段對我影響至深的馮燮彪老師已於2018 年 1 月 5 日於美國加州灣區辭世。我和馮老師本已失去聯絡踰四十年，卻因為皇仁舊友李效良看到我 2016 年由郭梓祺給我做的一篇訪問稿，其中談到馮老師如何影響了我對學問的志趣，因而重新取得聯繫！這一年以來，從效良兄口中得知馮老師健康不大好，我一直有一衝動要去看看他。但我去年秋天甫自中大正式退休後，即要接受到柏林自由大學以德語授課的挑戰，所以事情便耽擱下來！我深知馮老師和師母對我可能的到訪或有期待，可恨我完成課業回港不過幾天，馮老師便已仙遊！

馮老師對我的影響是多方面的，他的言行身教，影響了我足一輩子。他給我留下極深刻的印象，就是除了學識淵博，更充滿了對生命和對文化的熱愛，而這一切都表現於他激情洋溢的教學中。無論是課室內外，他對學生的作育與關懷，都出自肺腑！以下謹就記憶所及，略陳數點，以表達我對他的懷念與敬意。

馮老師讀的本是地質學，網路上仍可找到他於《地質學報》上發表的論文。就在那些年頭，因緣際會，他卻成為座落九龍大角嘴柳樹街以東一所教會開辦的深培學校的中文老師。在短短一

年之間，我從他身上得到的，卻豈只是小六的中文知識！因為馮老師每天按課本講解完畢後，會瞬間變身為一意趣橫生的「說書人」（粵俗謂「講故佬」），他講論的題材引人入勝，包涵了文史哲。舉凡李白或杜甫，王維與李商隱，蘇東坡及辛稼軒等許多膾炙人口的詩詞，都是經由馮老師的引領而開始浸淫的。此外，馮老師曾把《史記》中許多重要片段為我們很生動地演述：舉凡荊軻刺秦、雞鳴狗盜、吳越春秋、伍員諫死、范蠡去相、孫臏刖足、龐涓途窮、姜尚為相、蘇秦合縱、范雎遠近、白起賜死、商鞅變法等故事，不一而足，但印象最深刻的，是馮老師在講到秦相李斯時，曾倒背如流地把《諫逐客書》背了出來，其中他唸到「夫物不產於秦，可寶者多；士不產於秦，而願忠者眾……」這尾段名句時的動人神態，我直到今天還記得一清二楚。另一回他講及漢代流傳的河圖洛書，於黑板上畫出九宮，並大書「戴九履一，左三右七，二四為肩，六八為足，五居中央」以資解釋。而這一「幻方」口訣，從此便烙印於我的記憶深處……凡此種種，例子簡直不勝枚舉。我日後求學，讀的雖然主要是「番書」，但多少年來，卻有一份很鮮明的「中國情懷」！這很明顯是馮老師薪火相傳的結果。

小學階段最讓我難忘的，是小六班房中的一件很不尋常的突發事件。有一回某幾位同學在英文老師連琯嬌老師的課堂上，於老師背後說了些不敬的言辭。連老師氣得停了課堂，當場審問全班，非要揪出鬧事的幾位同學不可。有關同學當然都噤口不言，事情終於鬧到要班主任馮老師親臨處理。由於沒有同學肯承認責任，連老師終於厲言謂若再沒同學自首，便會辭

職云云。我看著事情僵到這一程度，心想我一向尊敬的連老師如這樣便離去，實太不堪。霎時間不知哪裡來的衝動和勇氣，我竟然「毛遂自薦」地站起來，說了句「是我！」…… 連老師立即回應說「不是你！」她話音未完，我已激動得大哭起來！隨後，三數位肇事的同學（嘻！我仍記得其中一位的名字）陸續站起來坦承錯誤，他們被連老師狠狠的告戒一番，事情乃得以解決。最讓我感動的是我於淚眼中竟然看到馮老師一個大男人也正熱淚盈眶。那一滴眼淚，讓我看到了馮老師感性的一面，和他對學生的珍惜。這事情除了讓我親炙「師道」的極致外，對我一生人也有莫大的啟示，就是讓我明白，一些事情儘管做了會讓你吃虧，但如果你認為應該做的，那你便不應計較個人的得失榮辱！馮老師的一滴眼淚，正是我這信念的最大支持。話說回來，一向頑皮和操行乙等的我，在這突發事件過後的好幾個星期裡，竟被當班主任的馮老師升格為甲‾和甲。在執筆的這兩天，我重新找出先母曾一直代我保存的小學成績手冊，竟發現最後一週馮老師給我的操行評分原來是甲⁺，這一「出規」的嘉許當然也印證了馮老師對這事件的理解，和標記了這事件對我的成長而言的意義。

馮老師對學生的關注，特別是對我個人的厚愛，從又一件事情可見：那一年代的小學老師有「家訪」這回事，一般由班主任執行。馮老師便是這樣到過我家，由於他也是我的鄉誼，記憶中他曾以鄉音逗得年邁的祖母大大開懷。到了學年結束，便是全港考「升中試」的日子。我當時申報的第一志願是香港中學頂尖的皇仁書院。在班中成績算是中上的我自分有一定機會，但事與願

違，結果我的公開試成績未達到皇仁取錄的要求。失意之餘，便報讀了當時頗知名的私校新法書院。就在交了留位費，等待開學前幾天，馮老師知道我的情況，有一天竟然很焦急的摸上寒舍，說已為我找到了與華仁書院（香港另一名校）有淵源的德仁書院願意取錄，說遠較新法優勝云。那一回，馮老師站在我家門外面遊說先母未果（先母竟沒有招呼他進來）。我透過閘門看到馮老師一臉關心、著緊、乃至失望的神情，是我一輩子也不會忘記的。

當然，結果新法書院讓我度過了我求學階段的崢嶸歲月，仗著新法的緣份，我得以邂逅我此生的愛侶，故在新法就讀，於我而言，實無遺憾可言！而我於新法結業時，終以卓越的聯考成績考入自少心儀的皇仁書院讀大學預科，則屬後話。時移世易，德仁書院和新法書院已於十年前先後停辦，但每屆中學會考放榜的日子，馮老師造訪我家這椿往事總會一再縈繞心間，和讓我不期然想起馮老師，和他對我的種種關愛。

去年在德國勾留達四個月，本擬看望馮老師的機緣終於被我耽誤了，念之令人悵然。馮老師在我讀小學的最後一年中，有如春風化雨，讓我一生受益。願借以上這絲絲記憶，略表我對他的懷念，更希望同是我的老師的馮師母譚秀雲老師珍重節哀。

關子尹 2018 年 1 月 13 日於香港

註：「李杜」、「蘇辛」當泛指唐詩、宋詞。「范相」指秦相國范雎，因避平聲故，改言范相。「柳牆東」指位於九龍柳樹街以東的深培學校。

又馮老師之喪禮將於 1 月 19 日於美國加州舉行。當天也是

送別好友黃愛玲的日子。願死者安息，存者節哀！

又記：以上文字，後經效良兄夫人 Lyn 節譯成英文，並由師母妹夫方先生於喪禮上宣讀，並印於紀念小冊上。後來老師長子 John 寄來該冊，並附親函致謝。

08-09 遣悲懷：次韻元稹詩以悼亡友張君（2018-03-20）

> 聞君此去我心悲，摯友相知盡此時。
> 一掬晴天霹靂淚，無端風雨斷腸詞。
> 人間興廢何堪患，世外幽明或可期。
> 哀汝雁行終折翼，來生緣會盼齊眉！

日前驚傳噩耗，皇仁書院舊友張君於留書家人後輕生辭世。友儕得知此不幸消息，均無語凝咽。近年與皇仁舊友遊，每見張兄都予人開朗之感，今次作了這個選擇，哀哉痛也！許多理由中，其愛妻年前離世，或許也是主因。諸友均深悔未能及時開解……逝者已矣，唯祝願逝者早得安息，並望其家人保重節哀。

元稹的《遣悲懷》三首，堪稱千古悼詩之絕。尤其是第三首尾聯的一副「流水對」，想天下間寫情再難出其右矣！查詩人悼念的正是其去世的髮妻韋氏。想張兄離世前的心境或相近似。謹據元稹詩第三首步韻，寄上哀悼與思念！

附元稹《遣悲懷》之三

> 閒坐悲君亦自悲，百年都是幾多時。
> 鄧攸無子尋知命，潘岳悼亡猶費詞。
> 同穴窅冥何所望，他生緣會更難期。
> 唯將終夜長開眼，報答平生未展眉。

08-10 許懷惻逝世 53 週年紀念 (2018-09-05)

In Memoriam Albert Schweitzer (14 Jan 1875 – 4 Sep 1965)

人中踽踽有金烏，絕出塵寰大丈夫。

韶雅乾坤嘗秉鐸，蠻荒混沌誓懸壺。

胸懷胞與謀匡世，杖屨江湖願恤孤。

澹泊生涯存大愛，千秋何足論賢愚。

　　五十三年前的昨天，集神學家、哲學家、音樂史家、風琴家和醫生於一身的許懷惻作別了這個他熱愛的世界！許懷惻不只涉獵廣泛，而且每一方面都做到出類拔萃。他不單是技術上演奏巴哈風琴的名家，更對巴哈的音樂有極深刻的體會，和於風琴演奏乃至制式的釐定皆開當世之先河。他年青時曾對康德的宗教理論作專門的研究，並真能深契康德哲學的精神，他不只是一位妙手回春的名醫，更曾秉其精湛醫術無條件地懸壺濟世。他的一生扮演多種不同角色，但自始至終都表裡如一地是一個盡顯人間大愛的人道主義者。勞思光先生年青時著文討論他時，訂定的譯名並非通行的「史懷哲」，正是「許懷惻」，這個名諱對斯人來說，可謂入木三分。

　　藉音樂、神學和哲學出道，一身透析著人文氣息的許懷惻，是三十歲才決心學醫的，並歷時八年始得成才。這對他來說，無疑是生命中遲來的宗教呼召，許雖生長於基督教氛圍，但畢生保持了對其他宗教的尊重，他也分享了耆那教和佛家對天下眾生的大愛 (Cf.: Schweitzer: *Indian Thought and Its Development*)。他曾回憶

自小即疑惑為何世人只會為人祈禱，並因此暗自要「為一切含生之物祝願」。他更於自小常路經的一個非洲黑奴雕像前發願，將以一生為世上備受忽視與壓迫的人群送暖。他年近四十才放棄歐洲的慣常生活到非洲行醫，為的就是實踐他這份尊重生命和雪中送炭的理念。他選擇了於法屬加般 (Gabon) 中的村落 Lambaréné 籌建醫院。自此，數十年間多次往返當地行醫濟世。由於當地醫療資源與人員的嚴重缺乏，許懷惻基本上是一全能科醫生，經他診治的病患，不乏種種奇難雜症，包括如河盲症 (craw craw)、白蛉、肉芽腫、利什曼原蟲病、熱帶痢疾、痲瘋等在文明世界令人避之則吉的惡疾，而 Dr. Schweitzer 的名字乃成為當地方圓百里村民於疾病折磨中的希望所寄。

許懷惻一生奉行簡樸生活，他曾多次公開演奏風琴以籌募醫院經費，1952 年他獲頒諾貝爾和平獎，所得之獎金亦多回饋於醫院設施。他晚年回法國省親，鄉人往接風時，問早已名揚遐邇的許懷惻何以會坐三等火車，史回答說，因為已廢除了四等火車票云云！經我查證，德法一帶直到 1928 年止確實還有四等車卡的設立，可見許氏言出有據。

三年前此際是許懷惻逝世五十週年之期，我曾略書數語紓懷，今日再逢此辰，感懷依舊，遂賦七律一首，並補誌數語，以資紀念。

註：「金烏」乃太陽之代稱。「韶雅」借指音樂。「蠻荒混沌誓懸壺」指許懷惻憶述自小每經過 Colmar 市噴泉下，見非洲黑奴石像滿臉憂苦之神情，乃興起對非洲大陸無盡的惻

隱之情的故事（該像乃噴泉的部分，由紐約自由神像同一雕塑家 Frédéric Auguste Bartholdi 設計，唯該像後毀於二戰）。

「恤孤」語出《禮記・大學》：「上老老而民興孝，上長長而民興弟，上恤孤而民不倍。」孔穎達疏：「孤弱之人，人所遺棄。在上君長若能憂恤孤弱不遺，則下民學之，不相棄倍〔背〕。」

Schweitzer: "Any religion or philosophy which is not based on the respect for life is not true religion or philosophy."

Schweitzer: "There are only two means of refuge from the misery of life, music and cats!"

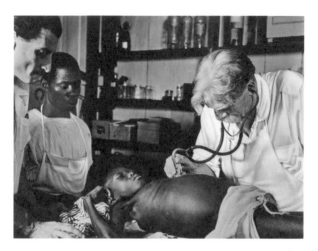

悼念篇

08-11 敬悼沈清松兄 In Memoriam Vincent Shen (1949-2018), (2018-12-05)

爾今遺世竟無垠，相惜相知剩幾人。

嘗共山中深論道，更同瀛表亟求真。

東西經義常無間，湖海芳馨自有因。

老罷猶傷天下裂，寸丹火盡盼傳薪。

　　上月客寓臺北時驚傳沈清松兄大去之噩耗，回想與沈兄數十年君子之交，能不神傷。沈兄去世翌日，我適因訪友之便，參加了臺北淡水法蒂瑪天主教堂的晚間彌撒。我雖不是教徒，但也藉此機緣，為剛離世的好友沈清松兄（當然還有為同是天主教徒的亡兒）祝禱，並獻上蠟燭，願逝者安息。

　　清松兄比我大兩歲，我早在中大求學的年代，便透過曾留學臺灣的岑溢成兄得知清松兄乃一時之俊彥。後來自己留學德國，又得知清松兄已早我一步在比利時魯汶大學深造。由於我們有不少共通的朋友，加上所學相近，故彼此雖尚未謀面，但已互有所聞。我和清松兄真正認識，是 1982 年的事。當其時也，我甫自德國學成，並於臺中大度山上的東海大學執教。上任不數月，東海便舉辦了一場現象學會議，清松兄一抵校園，便在好友江日新兄的引領下與我聯繫起來，清松兄與我是名副其實的一見如故，幾天之內，幾乎把好些年來大家共同關心的學術興趣都交流了一遍，其酣暢之處，至今記憶猶新。至於我們最後兩次晤面，其實都還在今年內發生。先是年初我於華梵大學辦紀念勞思光先師的

活動上作演講，蒙林正弘老師和清松兄以與談人的身份出席；另一回是今年六月時，清松兄來中大為我系當校外評審。才只相隔幾個月，我卻察覺到清松兄的氣色差了不少，回想起來，我系的事情或增加了他的勞累！查近十年來，清松兄曾以多種身分參與香港中文大學哲學系的一些評鑑工作，就這點而言，容我以前任系主任的身份再向清松兄致謝及致敬。

從我們認識迄今的 36 寒暑中，清松兄和我晤面並不算多，總共只有約二十來次，而且都以學術會議或公務場合為多，但每次都有若故友重逢一般親切。清松兄譽滿杏壇，既是國際知名學者，也是學生心中的良師。但大家未必知道，他對同輩的我亦曾有極重大的影響。事緣我於東海執教的幾年中，雖然藉著與學生的教學相長得到精神上的莫大滿足，和學養上的莫大裨益，但由於和系管不咬弦，故在教到第三年時曾萌去意。由於當時的學術職位就如今天般一缺難求，我甚至曾考慮過一份英國 BBC 的工作，並於應徵後被初步取錄。就在這一關鍵上，有一回與清松兄晤面時，他得悉這一情況，即和我說了一番極為勉勵的說話，讓我至今仍在心坎中感激。就因為這一原因，我自動終止了 BBC 的應徵程序……

光陰荏苒，清松兄今已為古人，我亦早已引退。今年適值來到政大作客一學期，我深知這正是清松兄學成後於哲學教育深耕細作凡二十載的場所。茫茫人海中，我們分享了同一份對學問的熱忱和同一份對教育的赤誠，清松兄的等身成就，我自不能企及，但卻願效兄之先導，剩一分餘燼，發一分精光。願清松兄安息。

08-12 憶陸先恆 (2019-04-28)

> 天外崩雲志一方，青山此去獨蒼涼；
> 雁行折翼何堪記，忍看慈萱幾斷腸！

　　我於 80 年代初在東海大學哲學系執教時，有幾位社會系的學生常來旁聽，陸先恆便是其中一位。先恆為人沈實穩重，言談間卻不掩其求學的大志，在東海眾多學生中，他在我的記憶中留下了深刻的印象。光陰荏苒，到我再與先恆取得聯繫之日，已是他在美國哥倫比亞大學任中抱恙之時。他病後／身後的著作《哈德遜書稿》我多年前也曾看過（該書一位寫序的孫善豪君亦曾於東海時相稔，可惜亦於前年辭世，惜乎）。最近看到先恆在美國的同學馬家輝君的面書，述及其專程赴臺慰問亡友慈親之事，才知道當年此書出版的始末，思之更興懷念之情，今特記以一絕……

08-13 悼吾友李榮添兄 (2019-05-25)

乍聞星駕墜孤衾，長夜悲懷噬我心。
歷歷同遊多逸趣，聲聲互勵有餘音。
邇來既悟三千劫，此去無愁二豎侵。
薤露送君歸物化，長歌杳杳暮烟沉。

數日前忽傳噩耗，我們自大學以來交往不輟的李榮添君被學生發現於獨居寓內辭世了，同儕都難忍哀痛。榮添兄於中大本讀社會系，是我輩大學時代最熟稔的好友，除時相論道，也常結伴同遊，或舉炊、或遠足、或對奕（下圍棋）、或觀星，彼此情誼可見。我與榮添兄除是大學同窗，也是崇基學生報前後屆主編。兄讀研究院時改攻哲學，最後曾於新亞研究所博士課程肄業。榮添兄為人可親可敬，其一生虛懷磊落，群而不黨，勵學篤行，涵道履真，不求聞達於世，鞠躬盡瘁於時。在大家都熱衷於尋求個人突破的大學階段，榮添兄肩負了元州仔義學校長之責，去年於病榻上應該靜養的日子裡，他還奮力完成了《歷史之理性－黑格爾歷史哲學導論述析》一書，其胸中涇渭，可見一斑！兄本來倜儻好動，嘗走遍名山大川，近年卻不幸罹患柏金遜症，然兄似早看破生死去來，並選擇了不接受治療，年來一直拖著病體與命運相抗衡，友儕規勸不果，見之莫不唏噓，直至日前被登門問訊的學生發現卒於家居床上，兄可謂求仁得仁。其實榮添兄除後來曾於嶺大、公大、港大和新亞研究所授課，並與一眾親如子侄的學生結緣外，也曾於中大哲學系兼任，和深得學生敬重。我雖已不

視事多年，卻願代表哲學系向榮添兄致敬。榮添兄，我們好友會一眾友人永遠懷念你，願你一路好走⋯⋯

李榮添兄 70 年代攝於山東曲阜杏壇

08-14 悼念馬雷凱神父 (2019-12-15、柏林)

In Memoriam P. Prof. Dr. Roman Malek (*1951-†2019)

天殘月缺倍懷仁，不著人間半點塵。

忍記當年清夜語，聞君駕鶴晚愁新！

Pater Malek 是一位學問淵博，又思想開明的神父，他是天主教聖言會 (SVD) 的學者及牧者，長久以來負責 *Monumenta Serica* 期刊及叢書的編輯工作。2003 年，我偕內子曾於德國波恩附近的 Sankt Augustin 訪問時和他認識。我們一見如故，並就許多宗教議題作了相當深入的交流，那一席話對非基督徒的愚夫婦，實不乏安慰。後來偶通書翰，亦每能感受其待人的親切。

和馬神父最後一次見面，則已是十年前他到中大訪問並作演講那一回了。可惜他回去不多久，即因中風打亂了他的許多未完的計劃。今午吾友江日新博士傳來馬神父上月辭世的消息，聞之惻然。但願如馬神父嘗言，凡是彼此相敬相愛的人，無論有沒有宗教，終於都有相見的一天！

08-15 送謝仲明兄 (2020-11-29)

嘗共浮生東海隅，忍聞君去起須臾。

曾何風雨淒迷日，祭爾凌虛酒一壺。

　　連日來風雨如晦，頃間接到消息，既是中大哲學系友，亦曾東海共事的謝仲明兄 (1947-2020) 因病辭世了。查八十年代初，由於因緣際會，位於臺中大度山上的東海大學哲學系，於短短三年內從原先約五、六位老師的隊伍（其中包括去年仙遊的蔡仁厚教授）先後羅致了共九位香港中文大學哲學系畢業，並皆於放洋歐美後回流的年青學人，其中謝仲明兄可能是第一人。在這意義下，作為先行者的仲明兄，其實為我們一眾中大師弟妹於完成學業後開闢了心耕的園地。仲明兄是新亞哲學系的師兄，比我高可兩屆，由於當年新亞和崇基的哲學系尚未合併，故在學時我雖聞其大名，但彼此並未認識。仲明兄木訥誠篤，群而不黨，在東海的日子中，對一眾師弟妹都很照顧，於教學更是專心矢志。我在東海只待了三年，但仲明兄卻於東海耕耘足有三十餘載才於 2012 年榮退。兄今大歸，必為一眾員生緬懷。

　　又當年來自香港的九人中，今二人已作古，其餘亦盡皆於不同崗位引退了。歲月如梭，真不待人！

1983/84 年間東海大學哲學系第一屆畢業生與老師們合照，仲明兄立於前排右四

悼念篇

第 9 章

再創篇／諧謔篇

09-01 歲寒（2017-04-26，借戚繼光句為首聯）

繁霜盡是心頭血！灑向千山楓葉丹；
但使今宵能耐冷，那驚來日歲冬寒！

慶源兄今晨以「海闊天空」圖見示，並節錄明將戚繼光《望闊台》中「繁霜盡是心頭血！灑向千山楓葉丹」一聯以贈，先此謝過。今且借戚帥之句，補成一絕，藉此或可與懷抱教育志業之同道共勉：

同日，陳慶源兄復於面書貼文如下：

繁霜盡是心頭血！灑向千山楓葉丹……
借明季戚繼光詩句向子尹師致敬！
35 年學思不輟，春風化雨，已然鬢髮飛霜，這摘句是貼切的寫照，但確也有點悲壯況味。
子尹師厚道，薰風送暖，續成一絕，勖勉來者（附詩如上載）。

註：慶源是晚我數年的哲學系師弟，對我的稱呼實不敢當。

09-02 〈月亮光光〉答凌沛怡 (2017-11-07)

光光月亮光光月，
月亮光光月亮光，
光月亮光光月亮；
亮光光月亮光光。

日前見哲學系同人凌沛怡 Ivy Ling 面書上有「月亮光光月亮光光月亮光光月亮光光月亮光光月亮光光月亮光光」留言，心生一計，用此二十八字稍加調度，即成七絕一首，而且完全合律，堪供一哂！

既以月亮為題，便想起前天晚上於丹麥 Aarhus Cathedral 前攝得街景一幅，可謂應景！

09-03 酒後集前人句奉酬競璇兄 (2018-02-21)

　　日前偕行德、兆奉、卓恩等一眾好友到雷競璇兄山居之中酒聚，談笑有鴻儒，盤桓酣竟日。期間競璇兄發於有感的對我說：「你我難兄難弟，我失驕楊君失柳……」。他這番話我回家後仍在縈繞不已。今天且集前人佳句成詩兩首，聊以寄懷！姑哭之，且笑之！

　　臨軒一醆悲春酒（韓偓）
　　我失驕楊君失柳（毛澤東）
　　暮雨忽來鴻鴈杳（龔自珍）
　　西風落日空迴首（王安石）

　　夕陽芳草自春秋（朱熹）
　　人去山阿跡更幽（歐陽修）
　　玉壘題書心緒亂（杜甫）
　　角聲孤起夕陽樓（杜牧）

09-04 擊壤新詠 (2018-02-27)

日出而走，日入而歸，

開懷而飲，高床而臥，

帝力於我何有哉！

前幾天一肚子悶氣出外跑步，適值天文大潮，沙田段的步道水位和腳跟只差兩尺，感覺和大自然特別接近，心情便好多了……

回家前即成打油詩一首，由於實改自三代的《擊壤歌》，故戲稱為《擊壤新詠》。語雖諧謔，意實感然，知我心者，謂我心憂，不知我者，謂我何求！悠悠蒼天，此何人哉！

09-05 「重重的我走了，正如我重重的來⋯⋯」(2018-04-27)

中大哲學系在過去二十年中曾以一系之力，自行維護一網絡伺服器室 (server room)，並且自行操作 OS (SunOS, Redhat Linux) 及所有硬件。哲學系與人文電算研究中心的所有網頁，包括 CUPID (CU Philosophy Information Databases),《林語堂當代漢英詞典網絡版》、《粵語審音配詞字庫》，和現在頗受重視的《漢語多功能字庫》，其實本來都以此為「家」。以文學院一個「邊沿」系別而言，這般的技術規模也可算是一項「奇觀」。但隨著有關人員相繼離任或行將退休，這一種運作模式早便必須放棄。有見及此，我系早於數年前便已分批把所有網絡工作 migrate 到大學電算中心的虛擬伺服器中心去了。最近由於系方空間重整之需要，必須把以前遺留的硬件全部清除。行動之前，且留下一個記憶！我雖然是這個伺服器室的「始作俑者」，但其能有效運作多年，要感謝一直以來大力幫忙的 Philip, Carol, Connie, Hinse, Tung, Ching, Clement (ITSC), 和 Leonardo, Alex, Jeff, Chong-fuk (PHIL) 等同人！還有，要感謝接掌中大哲學系的歷任系主任的鼎力支持。

PS. 因為機器實在太重了，據云這幾天要把 Alex 累壞了！

09-06 混世出魔童 (2018-09-14)

混世出魔童，長琴恨失聰；
欲知君誰屬，把酒問西風！

今天與學生閒談，給他們說了一則笑話，姑與大家分享：

事緣德國人與奧地利人之間，對於兩個人的國民身份問題長久以來都有爭議。當一談及希特拉，德國和奧地利人都爭著說：「他是屬於你們的。」但如果談到貝多芬，則便都爭著說：「他是屬於我們的。」不信有打油詩為證。

註：太子長琴乃傳說中的樂神。《山海經‧大荒西經》云：「祝融生太子長琴，是處搖山，始作樂風。有五彩鳥三名，一曰皇鳥，一曰鸞鳥，一曰鳳鳥。」

09-07 **Die Frage der Technik**（2019-03-16）

> 三千大洋頗堪嘆，馬桶拆開仔細看。
>
> 莫道書生無一用，功成不過指輕彈。

　　家居一坐廁的入牆式馬桶漏水已有一段日子，妻女一直吵着要找人修理，經報價，連工包料共須銀港幣 $3,000。今午放下海德格課的準備工作，自網路找到 Geberit 廠同型號的 12 頁說明書，幾經折騰，把所有配件自狹窄得很的牆洞一一拆除後，終於找到故障原因所在：就是一叫「止水皮」的膠環老化，長出一些水泡，才引至漏水。難以置信地，只要用針輕輕把水泡刺穿，膠環可恢復平滑。完成這小「手術」後，細心把頗複雜的部件重新裝上，再以巧手把一概零件重新藏納於牆洞中。一按紐，坐廁漏水問題已迎刃而解，而且是滴水不漏！當然，已經老化的膠環還始終是要換的，但我已找到膠環的配件編號，可於台灣網購，才 NT$ 120，四月初到臺即可取得！

　　退休後能省下三千元可真是樂事，最重要，還減免了兩大件塑膠垃圾。經此一役，我自信可以修理任何型號隱藏式馬桶的漏水問題，諸君有需要可以找我，算便宜點，HK$ 2,000 大元，連工包料……

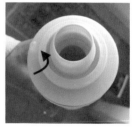

09-08 步韻陳煒舜君打油七律 (2020-01-23)

文史哲原來一家，經天緯地奏陽阿。

冥王既幸普西芬，燧傳豈容潘朵拉（啦）。

大道凌夷安舍我，浮生順逆別無他。

鑄今熔古苦同樂，雲起軒前憫落花。

　　今午新亞雲起軒巧遇中文系陳煒舜君。傾談歡甚，後來陳君以律詩見贈，即步韻謝之，並以面書回覆如下：「以備課用的文章見贈，即興而已，不敢瑣瀆清神。謝謝今午的水餃，今姑以打油步韻一首回贈。原詩棄不通押，當亦捨命相隨也！」

　　附陳煒舜君贈詩及箋
　　中午與陸潤棠老師在雲起軒見面，又與關子尹老師巧遇，大家索性暢敍一桌，有幸分別從兩位師長處獲贈大作。我笑言：「一定要合影，與二十年前我研究生時代馮景禧樓最帥的兩位教授同框！」（按：當時何文匯老師已經榮任教務長，遷往他處了，不計。）

　　七律打油曰：
　　道不遠人鳴百家。瑤琴恆奏奧菲阿。
　　三朝神譜存邇各，四大天機有赫拉。
　　還唱玫瑰真愛你，但求心志並無他。
　　陰陽歲暮隨消長，契悟菩提自拈花。

關註：由於午間話題多涉及希臘神話，故陳、關二人之唱和中不小用詞都與此有關，如奧菲阿、赫拉、冥王、普西芬、燧傳、潘朵拉……

09-09 夏日詠懷 (2020-06-30, 集前人句)

恨天遺石築愁城（丘逢甲）

門巷蕭條潁水清（王安石）

惟有兩般依舊在（呂　岩）

能無知我此時情（耶律楚材）

多愁鬢髮余甘老（元稹）

有酒迴頭還自傾（白居易）

飲罷襟懷還寂寞（邵雍）

焚香讀易候天明（于謙）

　　集句這回事，文人雅士之玩意也，據云始自王安石。年前曾鉛刀小試，亦頗自得。然而上一回集得八句是兩首七絕，今回意欲集成者是一首七律，由於有了對仗的要求，終於因無法對得穩妥而有「捉襟見肘」之歎。不過正如一位網友留言：「集得好，好在應景」。對我而言，最痛快的，是用上了多年來我最喜愛的于忠肅公的一句！

第 10 章

西詩中譯

10-01 幽香 (*Ich atmet' einen linden Duft!*)

Friedrich Rückert 詩 /**Gustav Mahler** 曲 / 關子尹意譯

我嗅到一陣幽香！

在這斗室裡

供著好一枝菩提；

是誰人

遺下的一份愛意，

教菩提散發出如此醉人的幽香！

菩提散發著如此醉人的幽香！

妳細心輕折

菩提枝上的嫩綠！

我輕輕玩味

菩提吐放的馥郁；

教我心醉，教我心碎，

是這陣幽香，那份愛意。

Ich atmet' einen linden Duft!

Im Zimmer stand

Ein Zweig der Linde,

Ein Angebinde

Von lieber Hand.

Wie lieblich war der Lindenduft!

Wie lieblich ist der Lindenduft!

Das Lindenreis

Brachst du gelinde!

Ich atme leis

Im Duft der Linde

Der Liebe linden Duft.

10-02 當此良夜 (*Um Mitternacht*)

Friedrich Rückert 詩 /Gustav Mahler 曲 / 關子尹意譯

我昨夜守望；

那耿耿天河裡，

當此良夜，

沒一顆星宿，

願向我回眸。

我昨夜思量；

那浩瀚思海裡，

當此良夜，

沒一絲記憶，

堪解我愁腸。

我昨夜驚醒，

那心坎中的悸動；
當此良夜，
是揮不去的傷痛，
摧毀我心肝。

我昨夜戰鬥，
那世間的苦難；
當此良夜，
鼓一己之餘勇，
終無以抵擋。

我昨夜無語，
卸下滿腔熱忱！
當此良夜，
願造化的主宰，
珍視這穹蒼！

Um Mitternacht
Hab' ich gewacht
Und aufgeblickt zum Himmel;
Kein Stern vom Sterngewimmel
Hat mir gelacht
Um Mitternacht.
Um Mitternacht

Hab' ich gedacht

Hinaus in dunkle Schranken.

Es hat kein Lichtgedanken

Mir Trost gebracht

Um Mitternacht.

Um Mitternacht

Nahm ich in acht

Die Schläge meines Herzens;

Ein einz'ger Puls des Schmerzes

War angefacht

Um Mitternacht.

Um Mitternacht

Kämpft' ich die Schlacht,

O Menschheit, deiner Leiden;

Nicht konnt' ich sie entscheiden

Mit meiner Macht

Um Mitternacht.

Um Mitternacht

Hab' ich die Macht

In deine Hand gegeben!

Herr! über Tod und Leben

Du hälst die Wacht

Um Mitternacht!

10-03 與世相遺 (*Ich bin der Welt abhanden gekommen*)

Friedrich Rückert 詩 /Gustav Mahler 曲 / 關子尹意譯

在此塵世我早已被忘遺，

虛渡此生幾許韶光飛逝；

我於世上良久杳渺音容，

世人或謂我已逝去無蹤。

今日之日我豈還問因果，

那怕世人曰我逝去如歌；

胸臆之中難以訴說原委，

此皆因我實在與世相遺！

溘然揮手且告別這塵囂，

歸去來兮那靜謐與寂寥。

孤身隻影我活我底天國，

獨愛與歌可堪讓我棲托！

Ich bin der Welt abhanden gekommen,

Mit der ich sonst viele Zeit verdorben,

Sie hat so lange nichts von mir vernommen,

Sie mag wohl glauben, ich sei gestorben!

Es ist mir auch gar nichts daran gelegen,

Ob sie mich für gestorben hält,

Ich kann auch gar nichts sagen dagegen,

Denn wirklich bin ich gestorben der Welt.

Ich bin gestorben dem Weltgetümmel,

Und ruh' in einem stillen Gebiet!

Ich leb' allein in meinem Himmel,

In meinem Lieben, in meinem Lied!

以上三首馬勒歌曲原譯於 1998 年，後輯於關子尹：《教我心醉‧教我心碎》，（臺北：漫遊者，2007），2021 年夏日再訂。

10-04 《獻給百靈鳥》 雪萊詩

Percy Bysshe Shelley, *To a Skylark*, line 86-90

關子尹譯 (2006-07-10)

我們所以上下而索求，

是冀盼那子虛與烏有；

我們最懇切的笑靨，

卻已歷盡了苦澀；

我們最甜美的衷曲，訴說著最悲切的憂鬱。

We look before and after,

And pine for what is not:

Our sincerest laughter

With some pain is fraught;

Our sweetest songs are those that tell of saddest thought.

10-05 《西東詩集》：歌德給我的啟示

West-östlicher Divan / *Talismane : A message from Goethe to me on life.*

關子尹譯 (初譯於 2008 年，2015-06-22 訂)

呼吸之中自有二重福報；

且將鼻息引進，再把膈臆盡吐。

吸氣釀成緊張，呼氣令人舒暢；

靈巧渾成生命典章。

當感謝上蒼對你摧逼；

並感念其又給你開釋。

Im Atemholen sind zweierlei

Gnaden:

Die Luft einziehen, sich ihrer

entladen:

Jenes bedrängt, dieses

erfrischt;

So wunderbar ist das Leben

gemischt.

Du danke Gott, wenn er dich

preßt,

Und dank ihm, wenn er dich

wieder entläßt.

10-06 《古壘之歌》：荀伯克曲，雅各布臣（丹麥原詞），
　　　 阿諾特（德譯）
　　　 Gurresange/Gurrelieder: J.P. Jacobsen/R.F. Arnold/ A.
　　　 Schoenberg.
　　　 關子尹（據德譯中）

暮色澹兮四合，陵海黯兮遠吟；

雲飛越兮何駐，垂天際兮悅心；

重林翳兮恬謐，長風起兮安尋；

瀛溟澄兮泛波，彼搖曳兮南柯；

西塞寔兮練紫，披殘照兮夕氛；

幽夢結兮翌日，猶翼盼兮紛陳；

芝蘭芳兮益靜，玉宇隱兮茂林；

婉清揚兮希聲，四大空兮此身；

盡日翳兮大夢，悟二柄兮沉吟；

毋自謀兮忘返，寄蜉蝣兮絕塵。

（初譯於 2016 年 12 月 20 日，2021 年夏日再訂）

《古壘之歌》(*Gurrelieder*) 這大型清唱套曲乃荀伯克的少作，我四十多年前初度接觸，已深受感動。幾年前為著先師勞思光像贊事，我開始了學詩的旅程。期間，除了五言及七言絕句、律詩外，也嘗涉獵楚辭及兩漢辭賦。有一次在網上重遇此曲，有若故友重逢，乃試以騷體把其中一首最喜歡的曲詞譯出，想不到所得

結果亦頗堪自娛！其實我以前也曾有譯德文詩的經驗，但論知性之契悟，和感性之滿足，卻以這次為最！其中所得的體會是：騷體的譯法，避開了過嚴的格律，於提供一定的形式美的同時，卻促成了遣詞的靈動與自由，並因而釋放出弘闊的想像空間！當年一邊試譯著，直有天空海闊之感，煞是意趣無窮。這一想法，曾與精嫻於文學的師妹彭雅玲分享，她回應說：「如師兄所言，騷體這韻文體，不拘於格律，或陳述，或悲吟，或呼告，易於展開脈絡，又含蓄無盡，回味無窮。」

附德譯

Nun dämpft die Dämm'rung
jeden Ton von Meer und Land,
Die fliegenden Wolken lagerten sich
wohlig am Himmelsrand.
Lautloser Friede schloß dem Forst
die luftigen Pforten zu,
und des Meeres klare Wogen
wiegten sich selber zur Ruh.
Im Westen wirft die Sonne
von sich die Purpurtracht
und träumt im Flutenbette
des nächsten Tages Pracht.
Nun regt sich nicht das kleinste Laub
in des Waldes prangendem Haus;
nun tönt auch nicht der leiseste Klang:

Ruh' aus, mein Sinn, ruh' aus!

Und jede Macht ist versunken

in der eignen Träume Schoß,

und es treibt mich zu mir selbst zurück,

stillfriedlich, sorgenlos.

Det gamle Gurre Slot

10-07 〈源頭活水贊〉

Joseph von Eichendorff, *Wünschelrute*

艾申道夫，夫關子尹譯 (2016-06-01)

象外寰中一闋歌，
天荒地老夢南柯；
今朝妙諦憑君解，
萬籟同聲頌婆婆。

Schläft ein Lied in allen Dingen,
Die da träumen fort und fort;
Und die Welt hebt an zu singen,
Triffst Du nur das Zauberwort!

艾申道夫乃德國浪漫詩人中最能深契古希臘天人相應學說
的一個代表。其詩作寓意正大深邃，在德國歷來廣受傳誦，而
Wünschelrute 一詩，因直接道出「詩」(Dichtung) 之所以傳世的關
鍵，更被視為其眾多作品中之表表者。多年前兩度到海德堡訪問
（其中一次是探望劉創馥），都曾於「哲學家路」(Philosophenweg)
上留連，途中必在艾申道夫紀念碑 (Eichendorff Denkmal) 前注足
良久，以默想上刻 Wünschelrute 一詩掉闔超凡的意境。近日興至，
特將德文原詩之四句譯之為七絕，以娛友好！

西詩中譯

10-08 瑞典民謠—此去揚帆
陳天機譯，關子尹訂 (2014-12-18, 2019-07-21)

誰能揚帆海闊無風，誰能放棹靠拳空？

誰人離別至友音容，而能不淚下重重？

我能揚帆海闊無風，我能放棹靠拳空！

但當離別至友音容，卻難忍淚下重重！

Vem kan segla förutan vind, vem kan ro utan åror,

vem kan skiljas från vännen sin utan att fälla tårar?

Jag kan segla förutan vind, jag kan ro utan åror!

men ej skiljas från vännen min utan att fälla tårar!

　　陳天機教授回港勾留至今，幾日後又將返美，雖然後天有歡送活動，念及又將闊別，今午稍暇，遂相約與三兩友儕淺酌，嚐過內弟自德國帶回來的煙薰啤酒 Rauchbier Schlenkerla。短聚中陳教授展示了一首瑞典民歌，形容摯友話別的傷感，陳教授曾於 Uppsala 工作過一年，甚至能把瑞典文的歌詞譯成中文，誦後慨然久之！（譯作重訂於 2019-07-21）

　　　　　　　　　　　　　　　　　　　　　　　　西詩中譯

後記

《我心歸隱處》這本詩集的編校，算是告一段落。對於半生主要讀洋書和治西學的作者而言，這本詩集完全是計劃以外的產品。背後的緣由，全在於為業師勞思光先生寫像贊而起，故於此要再次感謝先師對我的精神感召。

這本詩集共收作品凡 122 之數（註：其中三個作品各包含詩作兩首，故詩集共有詩 125 首），幾乎都集中在過去五、六年間寫出。為了結集的規劃，也為了讓讀者閱讀的方便，我把這些作品歸入 10 個類別，每類所收作品數目各有參差，分別是：

01 葦齋詩緣 7 首

02 紀遊篇 16 首

03 感懷篇 21 首

04 唱酬篇 6 首

05 寄贈篇 17 首

06 親情篇 9 首

07 憶兒雜詠 14 首

08 悼念篇 15 首

09 再創篇 / 諧謔篇 9 首

10 西詩中譯 8 首

就印刷編排而言，本書先按上述之類別排列，每一類別之下

再以寫作日期的先後排序。為方便編製，122 首作品都帶有一個由類別加上寫作先後而組成的序號，例如〈惜花〉一詩的序號是03-08。

就詩作的格式而言，10 個類別的作品都離不開下列的體裁：

七律 56 首

七絕 42 首

五律 6 首

五絕 7 首

四言 1 首

騷體 1 首

古謠 1 首

新詩 7 首

對聯 1 副

其中可見本書所收以近體詩為主，特別是七律和七絕。

為了反映作者在過去五、六年中的創作軌跡，本書最後附有「本書詩作繫年」。從中得見除了為數不多的早期塗鴉外（後經潤飾），作者「詩階」的真正起點是在 2016 年 3 月的〈登高賦懷〉，也正就是寫〈勞思光教授像贊〉前一年的光景。

這本詩集的第一部份《韋齋詩緣》之命名，固然為了突顯先師勞思光先生對作者的影響。這個名稱其實曾經用過一次：事緣2018 年初冬，作者夥同也在臺島休假的陳煒舜君到宜蘭拜謁先師的墓園，事後煒舜君提出了由我自選到當時為止直接或間接與先師有關的 10 首詩作，加上箋記，交給他負責主編的《華人文化研究》刊登，而「韋齋詩緣」就是當年他建議的標題。現在結集

的詩集由於是重新規劃，故雖保留了這個饒有意義的標題，但所收篇章卻與前時有異。

作者今年於新竹的清華大學客座，暑假期間因為疫情關係，幾乎與外界隔絕，這間接促成了這部詩文集的誕生。結集初成後，作者先後接洽李歐梵和鄭吉雄兩位教授，並很榮幸得到兩位慷慨賜序，讓這本集子因多了這兩個亮點而熠然增輝，於此深表謝意。歐梵先生是作者於香港中文大學副修歷史時的老師，他離開中大後我們一直有聯繫，近十年他重返中大後，很長一段時間我們更是每週一聚，他的豐富學養和灑脫的文字長久以來都是我的楷模。吉雄兄是我近年難得的知交朋友，他於國學上，特別是易學上的造詣和連篇佳作，是我今後還要細心斟酌和學習的材料。

詩文集所收作品雖以近體舊詩為主，但也包括幾首帶新詩風格的譯作，其中的四首是從作者十多年前為紀念亡兒出版的《教我心醉・教我心碎》書中抽出來的。今次收於書末，目的是把作者人生兩個不同階段的抒情文字連結起來，期能慎終若始。

至於譯作中最後譯自瑞典民謠的一首，其實是作者的忘年知交陳天機教授的原譯，作者改了幾個關鍵字眼並收入集中，是希望藉民謠中感人的曲辭為作者與陳教授的友誼，乃至天下間的真摯友情增添一個印記。這個安排，本書出版前有幸得到遠在美國矽谷的陳教授的首肯。

本書清校前有幸得到一位本是中文老師的網友關玉琼女士義務為全書多校了一回，並提出數點修飾的建議。漫遊者出版社（Azoth Books）正是多年前作者為紀念亡兒而出版的《教我心醉・教我心碎》一書的出版者，於此特別要感謝出版社總編輯（也是

數十年前東海大學的學生）李亞南女士的一力承擔。

　　最後當然要再次感謝內子林靄蘭，詩集中與她有關的作品雖然不過三數首，但她之為作者所有創作背後的繆斯這一點，卻是不言而喻……

2021 年 9 月 9 日初訂

2021 年 12 月 21 日再訂

2022 年 4 月 8 日終訂

於新竹清大西院

附錄：本書詩作繫年

序號	名稱	年 - 月 - 日	類別	格式	著作地	用韻
10-01	〈幽香〉呂克特 / 馬勒 *Ich Atmet' einen Linden Duft*	1998-01-01	西詩中譯	新詩	香港	／
10-02	〈當此良夜〉呂克特 / 馬勒 *Um Mitternacht*	1998-01-02	西詩中譯	新詩	香港	／
10-03	〈與世相遺〉呂克特 / 馬勒 *Ich bin der Welt abhanden gekommen*	1998-01-03	西詩中譯	新詩	香港	／
10-05	《西東詩集：*Talismane*》：歌德	2008-07-01	西詩中譯	新詩	香港	／
10-04	〈獻給百靈鳥〉雪萊 *To a Skylark*	2008-07-10	西詩中譯	新詩	西班牙	／
08-01	悼文思慧	2013-12-17	悼念篇	七律	德國柏林	支
08-02	敬悼吳清源博士	2014-12-05	悼念篇	五絕	香港	庚
03-01	登高賦懷	2016-03-06	感懷篇	五律	香港	東
10-07	〈源頭活水贊〉艾申道夫 *Wünschelrute*	2016-06-01	西詩中譯	七絕	香港	歌
03-02	城河沉吟偶遇童稚戲成一律	2016-07-13	感懷篇	五律	香港	真
08-03	與皇仁諸兄同悼黃六根學友	2016-07-20	悼念篇	五律	北京 / 香港	陽
07-01	憶兒雜詠之一：別爾悠悠歲月長	2016-07-26	憶兒雜詠	七絕	香港	陽
07-02	憶兒雜詠之二：瀛表輕車載爾來	2016-07-26	憶兒雜詠	七絕	香港	灰
07-03	憶兒雜詠之三：款款床前笑語多	2016-07-26	憶兒雜詠	七絕	香港	歌
07-04	憶兒雜詠之四：廿載愁懷寄海隅	2016-07-26	憶兒雜詠	七絕	香港	虞
07-05	憶兒雜詠之五：經年此際立高崗	2016-07-26	憶兒雜詠	七絕	香港	陽
03-03	丙申中秋憶往	2016-09-16	感懷篇	七律	香港	先

序號	名稱	年-月-日	類別	格式	著作地	用韻
08-04	詠伏波將軍－讀《後漢書‧馬援傳》……	2016-09-26	悼念篇	七律	香港	真
01-01	思光先生忌日見遺墨在壁遂按先生……	2016-10-20	韋齋詩緣	七律	香港	歌
06-01	晚秋病中夢亡兒	2016-11-22	親情篇	七律	香港	灰
10-06	《古壘之歌-Gurresange》：雅各布臣	2016-12-20	西詩中譯	騷體	香港	／
06-02	與愛妻相知半世紀結縭四十載感念……	2016-12-22	親情篇	七律	香港	真｜刪
03-04	祝願	2017-01-05	感懷篇	七絕	香港	陽
04-01	丁酉初二日據思光師戊辰除夕詩步韻……	2017-02-06	唱酬篇	七律	香港	庚
01-02	偶得新竹市清華大學走訪思光先生……	2017-03-23	韋齋詩緣	七律	香港	尤
07-06	憶兒雜詠之六：重重雲霧鎖青山	2017-03-23	憶兒雜詠	七絕	香港	刪
01-03	勞思光教授像贊	2017-03-27	韋齋詩緣	四言	香港	陽
02-01	疑幻似真獅子山：歐遊心影	2017-04-12	紀遊篇	七律	香港	陽
05-01	學期將盡與生員酣聚紓懷	2017-04-22	寄贈篇	五律	香港	尤
09-01	歲寒（借戚繼光句為首聯）	2017-04-26	再創篇	七絕	香港	寒
06-03	登高遣懷	2017-05-07	親情篇	七律	香港	真
06-04	誕日懷慈親	2017-05-14	親情篇	七律	香港	微
04-02	思光師銅像落成有感－兼按煒舜兄……	2017-05-30	唱酬篇	七律	香港	佳
08-05	威廉‧洪堡特冥誕紀念	2017-06-20	悼念篇	七律	香港	先
02-02	夏日借友遨遊俄羅斯古都諾夫哥羅德……	2017-06-30	紀遊篇	七律	俄羅斯 Novgorod	先
02-03	丁酉夏日遊聖彼得堡戲成一律	2017-07-04	紀遊篇	七律	俄羅斯 Moskow	陽
04-03	步韻答煒舜君	2017-07-12	唱酬篇	七律	香港	尤
08-06	懷念狄培理教授 In Memoriam T. de Bary	2017-07-24	悼念篇	七律	香港	真
07-07	憶兒雜詠之七：九原野卉蕊如丹	2017-07-26	憶兒雜詠	七絕	香港	寒

序號	名稱	年-月-日	類別	格式	著作地	用韻
03-05	撿拾殘書有感	2017-08-07	感懷篇	七律	香港	魚
05-02	與同仁城中暢聚傾談竟夕百感交雜……	2017-08-22	寄贈篇	七律	香港	麻
07-08	憶兒雜詠之八：山青水碧日高懸	2017-08-26	憶兒雜詠	七絕	香港	先
04-04	遠行有寄，兼步韻答彭雅玲君	2017-08-31	唱酬篇	七絕	香港	支
05-03	憶往 - 區凱琳《於空間之間》	2017-09-01	寄贈篇	七絕	香港 / 柏林	陽
02-04	意大利 2017 自駕遊	2017-09-16	紀遊篇	七律	意大利 Assisi	東
02-05	德國哈茨森林的美麗與哀愁	2017-10-14	紀遊篇	七律	德國柏林	文
09-02	〈月亮光光〉答凌沛怡	2017-11-07	諧謔篇	七絕	丹麥 Aarhus	陽
01-04	次韻思光師手書東坡遺句	2017-11-28	韋齋詩緣	七絕	德國柏林	先
03-06	冬日客居自炊戲成一絕	2017-12-05	感懷篇	五絕	德國柏林	尤
03-07	柏林講席書懷	2017-12-16	感懷篇	七律	德國柏林	微
05-04	2018 元旦與友聚於高樓有感	2018-01-02	寄贈篇	七律	香港	陽
08-08	曾沐化雨春風一懷念馮燊彪老師	2018-01-13	悼念篇	七律	香港	東
08-07	敬悼雷黃愛玲女士	2018-01-19	悼念篇	七律	香港	侵
02-06	丁酉歲暮訪田園	2018-02-12	紀遊篇	七律	香港	陽
02-07	戊戌元日與友遠足如舊有感	2018-02-17	紀遊篇	七律	香港	虞
09-03	酒後集前人句奉酬競璇兄	2018-02-21	再創篇	七絕	香港	有 l 尤
05-11	謝生成婚見贈	2018-02-23	寄贈篇	七律	香港	先
09-04	擊壤新詠	2018-02-27	再創篇	古歌謠	香港	／
05-05	山中訪友	2018-03-11	寄贈篇	七律	香港	刪
03-08	惜花	2018-03-16	感懷篇	七絕	香港	先
08-09	遣悲懷：次韻元積詩以悼亡友張君	2018-03-20	悼念篇	七律	香港	支
05-06	戊戌暮春與友共聚	2018-04-06	寄贈篇	七絕	香港	寒
02-08	黃河壺口觀瀑	2018-04-15	紀遊篇	七律	山西運城	刪
02-09	戊戌春盡過解州關廟及洛陽關林	2018-04-17	紀遊篇	七絕	河南洛陽	真

序號	名稱	年 - 月 - 日	類別	格式	著作地	用韻
09-05	重重的我走了，正如我重重的來	2018-04-27	再創篇	新詩	香港	／
05-07	課後與學生閒聚戲作	2018-05-03	寄贈篇	七絕	香港	庚
07-09	憶兒雜詠之九：扁舟放棹去何蹤	2018-05-07	憶兒雜詠	七絕	香港	冬
07-10	憶兒雜詠之十：冉冉流光廿二年	2018-07-26	憶兒雜詠	七絕	香港	先
03-09	周鼎湯盤記趣	2018-07-29	感懷篇	七絕	香港	先
06-05	歲在癸巳與妻歐洲浪跡紀懷	2018-08-20	親情篇	七律	香港	青
02-11	初遊越南心念舊友	2018-08-31	紀遊篇	七律	越南峴港	刪
08-10	許懷惻 (Dr. A. Schweitzer) 逝世 53 週年……	2018-09-05	悼念篇	七律	香港	虞
09-06	混世出魔童	2018-09-14	諧謔篇	五絕	香港	東
03-10	暴風山竹將至登高賦懷	2018-09-15	感懷篇	七律	香港	冬
02-10	秋日過林語堂故居慨不自已	2018-10-09	紀遊篇	七律	臺北陽明山	齊
01-05	戊戌秋日次韻思光先生癸亥舊作	2018-10-20	韋齋詩緣	七律	臺北政大	支
03-11	平溪之貓	2018-10-27	感懷篇	七絕	新北平溪	侵
02-12	過杭州謁錢塘于忠肅公墓	2018-11-02	紀遊篇	七律	浙江杭州	東
05-08	陳天機教授九十華誕晚宴壽聯	2018-11-05	寄贈篇	對聯	香港	／
05-09	秋思-A friendship of more than 40 years	2018-11-16	寄贈篇	七絕	臺北淡水	歌
01-06	戊戌深秋宜蘭謁思光師墓	2018-12-02	韋齋詩緣	七律	宜蘭礁溪	尤
08-11	敬悼沈清松兄	2018-12-05	悼念篇	七律	臺北政大	真
06-06	贈內	2018-12-22	親情篇	七律	臺北政大	蒸
05-10	前緣	2019-01-26	寄贈篇	七絕	香港	刪
03-12	講課即事	2019-01-31	感懷篇	七絕	香港	刪
03-13	無題——又名「春郊試馬」	2019-02-28	感懷篇	七絕	香港	先
09-07	Die Frage der Technik	2019-03-16	諧謔篇	七絕	香港	寒
05-12	賀仁厚師兄德英師姊九秩雙壽	2019-04-06	寄贈篇	七律	臺中	支 l 侵
08-12	憶陸先恆	2019-04-28	悼念篇	七絕	香港	陽

序號	名稱	年 - 月 - 日	類別	格式	著作地	用韻
05-13	孟春紀懷並謝四方君子	2019-05-03	寄贈篇	七律	香港	蕭
07-11	憶兒雜詠十一：風急天高雲半收	2019-05-07	憶兒雜詠	七絕	香港	尤
03-14	過訪新亞故園	2019-05-11	感懷篇	七律	香港	庚
08-13	悼吾友李榮添兄	2019-05-25	悼念篇	七律	香港	侵
03-15	傷時	2019-06-29	感懷篇	七絕	加拿大	蕭
02-13	加國山中感懷——壹韻雙弄	2019-07-08	紀遊篇	七律	加拿大	先
10-08	瑞典民謠：此去揚帆 (陳天機譯，關子尹訂)	2019-07-21	西詩中譯	新詩	香港	／
05-14	苦中作樂並贈天機教授	2019-07-24	寄贈篇	五律	香港	侵
07-12	憶兒雜詠十二：長空萬里起彤雲	2019-07-26	憶兒雜詠	七絕	香港	文
02-14	柏林憂思	2019-09-08	紀遊篇	七律	德國柏林	東
02-15	登維蘇威火山繼遊龐貝古城	2019-11-14	紀遊篇	七律	意大利龐貝	刪
08-14	悼念馬雷凱神父	2019-12-15	悼念篇	七絕	德國柏林	真
05-15	作別柏林諸君兼序新歲	2019-12-30	寄贈篇	七律	柏林 / 香港	庚
09-08	步韻陳煒舜君打油七律	2020-01-23	諧謔篇	七律	香港	麻歌
07-13	憶兒雜詠十三：似是蓬萊霧半籠	2020-05-07	憶兒雜詠	七絕	香港	冬
07-14	憶兒雜詠十四：珠江舊夢了無垠	2020-05-28	憶兒雜詠	七絕	香港	真
05-16	壽吾友展華兄七秩榮登	2020-06-09	寄贈篇	七律	香港	東
09-09	夏日詠懷——深宵集前人句	2020-06-30	再創篇	七律	香港	庚
03-16	無題	2020-08-07	感懷篇	七絕	香港	陽
06-07	庚子秋後見先祖遺物有感	2020-08-22	親情篇	七律	香港	真
03-17	即事感懷	2020-08-27	感懷篇	七絕	香港	微
05-17	福樂永年—賀達峰恩實完婚	2020-08-30	寄贈篇	七絕	香港	支
02-16	梅花古道	2020-11-07	紀遊篇	七律	香港	庚
03-18	新亞之貓	2020-11-11	感懷篇	五絕	香港	歌
03-19	白鷺吟	2020-11-14	感懷篇	五絕	香港	陽

序號	名稱	年 - 月 - 日	類別	格式	著作地	用韻
04-05	庚子秋暮據吉雄兄舊作步韻	2020-11-27	唱酬篇	五律	香港	歌
08-15	送謝仲明兄	2020-11-29	悼念篇	七絕	香港	虞
03-20	冬日	2020-12-25	感懷篇	五絕	香港	刪
01-07	辛丑春日次韻思光師 33 年前清華舊作	2021-03-18	韋齋詩緣	七律	新竹清大	陽
06-08	贈女兒	2021-04-05	親情篇	七絕	新竹清大	麻
03-21	七十感懷	2021-04-25	感懷篇	七律	新竹清大	先
06-09	紙船	2021-07-26	親情篇	五絕	新竹清大	先
04-06	次韻余英時勞思光二師 1972 年舊唱	2021-08-05	唱酬篇	七律	新竹清大	灰

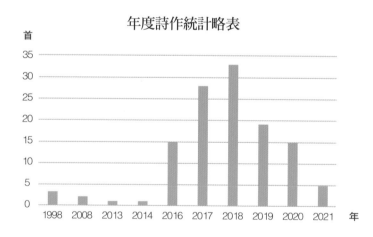

年度詩作統計略表

我心歸隱處

作　　　　者	關子尹	
封 面 設 計	吳郁婷	
內 頁 排 版	高巧怡	
行 銷 企 劃	林瑀、陳慧敏	
行 銷 統 籌	駱漢琦	
業 務 發 行	邱紹溢	
營 運 顧 問	郭其彬	
總 編 輯	李亞南	
出　　　　版	漫遊者文化事業股份有限公司	
地　　　　址	台北市松山區復興北路331號4樓	
電　　　　話	(02) 2715-2022	
傳　　　　真	(02) 2715-2021	
服 務 信 箱	service@azothbooks.com	
網 路 書 店	www.azothbooks.com	
臉　　　　書	www.facebook.com/azothbooks.read	
營 運 統 籌	大雁文化事業股份有限公司	
地　　　　址	台北市松山區復興北路333號11樓之4	
劃 撥 帳 號	50022001	
戶　　　　名	漫遊者文化事業股份有限公司	
初 版 一 刷	2022年4月	
定　　　　價	台幣450元	

國家圖書館出版品預行編目 (CIP) 資料

我心歸隱處/ 關子尹著. -- 初版. -- 臺北市：漫遊者
文化事業股份有限公司, 2022.04
272 面 ;14×21 公分
ISBN 978-986-489-621-9(平裝)
848.7　　　　　　　　　　　　111004720

ISBN　978-986-489-621-9

漫遊，一種新的路上觀察學
www.azothbooks.com

漫遊者文化

大人的素養課，通往自由學習之路
www.ontheroad.today

遍路文化‧線上課程